Lais et Sonnets

ÉTONNANTS • CLASSIQUES

MARIE DE FRANCE ET LOUISE LABÉ

Lais et Sonnets

Présentation, translation et annotation des textes de Louise Labé, dossier et cahier photos par
RÉMI POIRIER,
professeur agrégé de lettres modernes

Traduction et annotation des textes de Marie de France par
JEAN-JACQUES VINCENSINI,
professeur honoraire de langue et littérature médiévales (université François-Rabelais, Tours)

Flammarion

La poésie du Moyen Âge au XVIIIe siècle dans la même collection

DU BELLAY, *Les Regrets*
LA FONTAINE, *Fables*
Poèmes de la Renaissance (anthologie)
RONSARD, *Les Amours*

ISBN : 978-2-0815-1168-2
ISSN : 1269-8822

SOMMAIRE

PRÉSENTATION

> Qui sont les femmes ? Qui sont-elles ? Sont-elles serpents, loups, lions, dragons, vipères ou bêtes prédatrices dévorantes, hostiles à la nature humaine qu'il faille des arts [1] pour les tromper et les capturer ? [...] Et par Dieu, elles sont vos mères, vos sœurs, vos filles, vos femmes et vos amies ; elles sont vous-même, et vous-même elles.
>
> Christine de Pizan [2]

Quel est le principal point commun entre les auteurs le plus souvent abordés dans les lectures scolaires et universitaires, les plus récompensés dans les prix littéraires ? À une écrasante majorité, ce sont des hommes. Leurs œuvres ont été promues pour leur beauté, l'intérêt et le plaisir qu'elles procurent, mais personne ne peut croire que ces derniers aient eu le monopole de la qualité. Que découvririons-nous alors si nous nous intéressions à des autrices peu mises en valeur dans la mémoire collective, oubliées, sous-estimées, entravées par leurs contemporains ? La

1. ***Arts*** : ici, techniques. Il faut comprendre « qu'il faille des arts » par « au point qu'on doive employer des pièges ».
2. Christine de Pizan, « Épître à maître Pierre Col » (1401), dans *Le Débat sur le Roman de la Rose*, Honoré Champion, 1977, éd. E. Hicks, trad. V. Greene. Passage cité par Jacqueline Cerquiglini-Toulet dans *Femmes et littérature*, dir. Martine Reid, Gallimard, coll. « Folio », 2020, t. I, p. 25.

littérature célèbre les femmes, réfléchit sur leur place dans la société, mais pendant des siècles on a considéré qu'elles n'étaient pas fondées à prendre la plume.

Les trajectoires et les œuvres des deux poétesses réunies dans ce volume, le « Prologue » et trois *Lais* [1] de Marie de France (XIIe-XIIIe siècle), l'épître liminaire [2] et l'intégralité des textes poétiques des *Œuvres* de Louise Labé (vers 1520-1566), offrent des similitudes éclairantes : il s'agit d'autrices appréciées de leurs contemporains et reconnues par l'histoire littéraire, mais nous connaissons très peu de chose sur elles. Le paradoxe est criant : Marie de France a écrit, mais nous ne savons pas vraiment comment elle a vécu. Louise Labé a vécu, mais il n'est pas complètement certain qu'elle ait écrit. Ce double mystère est certes troublant et révélateur, mais ne doit pas nous éloigner de l'intérêt que ces textes éveillent encore aujourd'hui.

De la difficulté à identifier précisément les autrices

Distants de quatre cents ans, les poèmes de Marie de France et ceux de Louise Labé sont remarquables pour la vaste culture

---

1. ***Lais*** : récits brefs, dans l'ensemble féeriques, rédigés en octosyllabes. L'étymologie du mot « lai » renverrait au mot celtique *laid* désignant une chanson.
2. ***Liminaire*** : issu du latin *limen* (le seuil d'une maison), le terme désigne un texte placé en tête d'un ouvrage, par lequel commence sa lecture. Une ***épître*** est une lettre, un texte en prose adressé à un destinataire et inséré dans un ouvrage.

dont ils témoignent. Héritage de formes et d'idées préexistantes, maîtrise et enrichissement des codes littéraires, projets personnels ambitieux sont autant d'indices qui révèlent une éducation raffinée, peu commune à ces deux époques où il était d'usage d'accorder moins d'importance à l'éducation des jeunes filles qu'à celle des garçons.

Marie de France (XIIe-XIIIe siècle)

Marie de France est la première femme de lettres en langue française dont nous ayons connaissance. Contemporaine de Chrétien de Troyes (vers 1135-1183) qui est aujourd'hui plus célèbre qu'elle et l'éclipse d'une certaine façon, elle n'a pas eu la chance d'être aussi bien identifiée par les savants et les institutions et, de ce fait, elle demeure méconnue du grand public. Plusieurs œuvres qui lui sont attribuées ont traversé les siècles, mais les connaissances biographiques rigoureuses la concernant sont rares.

La dénomination « Marie de France » ne correspond pas à un nom authentique ; elle semble avoir été donnée par un humaniste de la Renaissance qui a popularisé cette appellation [1]. Les noms de famille n'existaient pas au Moyen Âge, on avait l'habitude de désigner une personne par son prénom suivi d'une mention de son origine géographique [2]. « Marie de France » est donc une sorte de surnom, et celui-ci prête à confusion. Il peut signifier qu'elle écrit « en France » – et qu'elle n'est donc pas née

---

1. C'est l'humaniste Claude Fauchet qui, dans son *Recueil de l'origine de la langue et [de la] poésie française* (1581), lui a donné la dénomination par laquelle nous la connaissons aujourd'hui. Il s'est appuyé sur l'épilogue du recueil de fables intitulé *Ysopet* publié vers 1180, dans lequel on peut lire : *Marie ai nun, si sui de France* (« Je me nomme Marie et suis de France »).

2. C'est le cas des auteurs médiévaux : Chrétien de Troyes, Raoul de Cambrai, Guillaume de Lorris, Jean de Meun...

française, peut-être anglaise, mais nous n'en avons pas la preuve irréfutable –, ou qu'elle écrit « en français », ou encore qu'elle est originaire d'« Île de France ». L'état actuel des recherches est insuffisant pour trancher. La notion d'auteur – tout comme la notion d'œuvre – était à l'époque beaucoup plus instable qu'aujourd'hui : les textes médiévaux sont le plus souvent anonymes [1], et il n'était pas dans les usages de revendiquer un statut ni une originalité spécifiques. De plus, il est anachronique de considérer l'œuvre médiévale comme un tout achevé, car le texte pouvait évoluer en étant recopié : le copieur pouvait faire des erreurs ou modifier l'œuvre à sa guise. Ainsi, rien ne prouve que tous les lais aient été écrits par la même personne, bien qu'on constate une réelle unité de contenu et de style.

Marie de France aurait fait partie de l'entourage du roi Henri II Plantagenêt (1133-1189, duc d'Anjou et roi d'Angleterre). Sa cour fut un important foyer intellectuel à la fin du XIIe siècle, le plus brillant d'Europe à l'époque. La poétesse des *Lais* mena une importante activité littéraire : en plus des douze *Lais* (vers 1160) dont une sélection est présentée dans cet ouvrage, elle a traduit des fables inspirées d'Ésope de l'anglais vers le français (*Ysopet*, vers 1180, recueil contenant la première version française connue de certaines fables que nous associons à La Fontaine) et un texte religieux du latin vers le français (*Le Purgatoire de saint Patrick*, vers 1189). Enfin, la critique lui a récemment attribué la rédaction d'une *Vie de sainte Audrée* qui

1. Cela évoluera au cours de la Renaissance avec le passage à l'imprimé. Dans les manuscrits, les auteurs sont parfois désignés au sein des textes (notamment à la fin) et dans ce qu'on nomme le « colophon », qui regroupe les informations éditoriales : titre, auteur, date, nom du scribe, lieu de la copie. Ces informations seront plus tard placées sur la page de titre dans les ouvrages imprimés.

achèverait sa production littéraire. Le « Prologue » des *Lais* laisse deviner quelques informations dont la narratrice s'enorgueillit : une culture littéraire et scientifique étendue, qui est un don de Dieu (v. 1), et la maîtrise du latin (v. 23-30). Cette érudition ne peut s'expliquer autrement que par une formation reçue dans un couvent, ce qui amène à penser que Marie ait pu être une religieuse, au moins à certaines périodes de sa vie. À la fois titre de l'ouvrage et forme poétique médiévale, les *Lais*, conservés dans plusieurs manuscrits à partir de la fin du XIIIe siècle, ouvrent la carrière de la première femme de lettres française.

L'œuvre de Marie de France fait date dans la mesure où elle a participé à une métamorphose profonde et déterminante de ce que nous considérons comme la « littérature ». Avant Chrétien de Troyes, Béroul (auteur qui vécut au XIIe siècle et rédigea la première version française connue de *Tristan et Iseut*) et Marie de France, la littérature d'origine celtique et bretonne [1] n'était transmise qu'oralement, par des conteurs professionnels qui colportaient des légendes de château en château : ils les déclamaient en s'accompagnant de musique et en perpétuaient ainsi la transmission. Marie, Chrétien et Béroul transforment l'oralité celtique en recourant à l'écriture en langue romane. Cette transformation libère de la nécessité de mémoriser les contes et légendes oraux et donne naissance à une écriture raffinée qui permet des innovations et vise à produire des effets saisissants sur l'imagination du lecteur. Le passage à l'écrit permet de dépasser le caractère éphémère des performances orales pour parvenir à la postérité. Les derniers vers de « Bisclavret » le disent :

---

1. La tradition celtique, nourrie notamment de légendes arthuriennes, inspirait les conteurs du pays de Galles, de Cornouailles, d'Irlande et de la Bretagne actuelle (dite « armoricaine »).

À propos de Bisclavret fut écrit le lai,
Pour qu'en soit conservée la mémoire à tout jamais [1].

Ainsi s'affirme une culture écrite, et plus seulement chantée, racine du romanesque tel que nous le connaissons encore de nos jours. En effet, nous identifions aujourd'hui le genre du roman à un ensemble de productions littéraires en prose, évoquant une matière fictionnelle et animées par un fil narratif rassemblant personnages et événements. Ce genre, qui s'affirme à partir du XVIIIe siècle avant de triompher au siècle suivant, s'enracine dans des textes en vers, à l'exemple des *Lais* de Marie de France ou des romans de Chrétien de Troyes. Dans nos représentations, nous avons oublié que la poésie pouvait avoir une telle ampleur narrative parce que, de manière un peu réductrice, nous nous sommes faits à l'idée que c'est le domaine réservé du roman.

La dimension romanesque des *Lais* s'abreuve à trois sources distinctes qui, en se mêlant, produisent un univers singulier et fabuleux. D'abord, la source de la « merveille », du surgissement du surnaturel qui éblouit par ses prodiges, par la confrontation à l'autre monde (fées venues d'ailleurs, loups-garous, sortilèges...). Ensuite, les valeurs de « l'amour courtois » : Marie s'inscrit, sans s'y fondre totalement, dans la conception de l'amour dont son époque voit l'émergence poétique. Les troubadours de langue d'oc [2], bien connus dans les milieux littéraires que fréquente Marie, ont chanté des histoires fondées sur la hiérarchie des rapports entre les amants, qui ne sont pas mariés : le chevalier, au

1. Marie de France, « Bisclavret », p. 59, v. 317-318.
2. On appelle ***langue d'oc*** l'ensemble des dialectes romans parlés dans le sud de la France, par opposition à la ***langue d'oïl*** parlée dans le Nord, et qui sera prédominante dans la constitution progressive du français que nous connaissons.

service de la dame, accomplit des épreuves en son nom, et leur union est rendue plus forte car elle est extraconjugale, donc détachée des usages de la vie familiale. La troisième source du romanesque des *Lais* tient à l'éloge de la prouesse virile, de l'affrontement héroïque, de la violence ritualisée. Ainsi, dans ce moment fondamental de l'histoire littéraire, Marie ne prétend pas que l'originalité de ses écrits découle du fait qu'elle est une femme. Elle se distingue par la force évocatrice de ses récits empreints de merveilleux, par la peinture variée, touchante et parfois très sensuelle de l'amour associé aux exploits des chevaliers, par la volonté de produire un récit captivant pour les lecteurs. En ce sens, elle met en œuvre l'affirmation des premiers vers du « Prologue » : elle « a été gratifié[e] par Dieu de la connaissance/ Et de l'art de parler avec éloquence » (p. 45, v. 1-2).

Louise Labé (vers 1520-1566)

Louise Labé est elle aussi une figure imprécise et énigmatique, objet d'hypothèses divergentes. Nous avons la certitude qu'une dénommée « Louise Labé » a existé et vécu à Lyon, et disposons de quelques connaissances sur sa vie : elle était une bourgeoise, fille d'artisans cordiers lyonnais aisés, ce qui inspira son surnom : « la belle cordière ». Elle fut éduquée dans un couvent, où elle apprit la broderie, mais aussi la musique, l'italien et le latin. C'est peut-être dans ces circonstances qu'elle rencontra l'aristocrate Clémence de Bourges (vers 1532-1562), d'un rang social beaucoup plus élevé que le sien, à qui sont dédiées ses *Œuvres*. Plus tard, il semble que Louise Labé ait appris l'équitation et l'escrime, et même qu'elle ait participé à des tournois en habits masculins [1]. Elle rassembla et fréquenta

1. On peut y voir une allusion dans la troisième élégie, aux vers 37-42 (p. 117).

les poètes et les artistes les plus en vue de Lyon, ville dont le rayonnement artistique prétendait rivaliser avec celui de Paris. Elle mourut de la peste en 1566.

Ce parcours lui donne une réelle singularité parmi les femmes de son temps, et lui attire la réprobation offusquée de certains de ses contemporains. Elle n'appartient donc pas *a priori* aux cercles aristocratiques dans lesquels on peut espérer trouver un esprit cultivé, nourri par l'étude et les lectures. C'est sans doute la raison pour laquelle les critiques furent nombreuses lorsque son nom parut en tête des *Œuvres* publiées avec un privilège [1] chez l'imprimeur lyonnais le plus prestigieux de l'époque, Jean de Tournes (1504-1564).

Louise Labé est l'autrice d'un seul et retentissant ouvrage. Ces *Œuvres*, dont le titre se présente comme un gage de qualité et comme une marque d'audace, s'organisent ainsi : une vibrante épître dédicatoire (p. 93), texte en prose adressé à Clémence de Bourges, suivie d'un brillant *Débat de Folie et d'Amour*, dialogue en prose relatant de manière allégorique un échange argumenté et vif entre les deux dieux éponymes [2]. Puis viennent les textes versifiés, qui rassemblent trois élégies (p. 101) et vingt-quatre sonnets (p. 123). L'ensemble est finement architecturé et suit la trajectoire parfois heurtée d'un amour passionné. En outre, le succès de ces poèmes fut tel qu'une réimpression fut enrichie d'une vingtaine d'hommages anonymes, mais qu'on attribue à des poètes reconnus.

Cependant, le statut d'autrice de Louise Labé est aujourd'hui encore l'objet de nombreux débats. Parmi les spécialistes

---

1. ***Privilège*** : certificat assurant le monopole de l'impression d'une œuvre. Ce monopole limitait les possibilités d'éditions illicites. Le privilège constituait également une reconnaissance officielle qui garantissait l'approbation morale et esthétique de l'œuvre.

2. Ce texte, parce qu'il est en prose, n'est pas reproduit dans cette édition.

contemporains, des divergences existent : les défenseurs d'une authentique poétesse, brillante, dont le talent justifie la publication et la reconnaissance publique et critique, font face à d'autres, sceptiques, suggérant que les textes sont en fait une œuvre d'homme(s) et ont été publiés sous le nom d'une femme. Un argument récurrent [1] de ces derniers est qu'une bourgeoise aurait difficilement pu avoir accès à la formation et à l'érudition dont témoignent les textes, ainsi qu'à un privilège royal protégeant son ouvrage. Dans cette orientation critique, plusieurs noms d'un unique auteur masculin à la source des *Œuvres* de 1555 sont proposés. Un second courant ferait de ce recueil le fruit du travail de plusieurs hommes, l'un ayant écrit l'épître, un autre les élégies, un autre encore les sonnets. À moins, enfin, que les poèmes soient une œuvre collective, écrite à plusieurs mains – piste contre laquelle on objecte l'unité thématique et stylistique des textes. Aucune de ces théories refusant le statut d'autrice à Louise Labé ne semble apporter de réponse qui mettrait un point final au débat qu'elles ont soulevé [2].

---

1. Le débat a été initié par l'ouvrage de Mireille Huchon *Louise Labé : une créature de papier* (Droz, 2006), prolongé depuis dans *Le Labérynthe* (Droz, 2019). Pour une première approche de cette polémique, nous suggérons l'article d'Édouard Launet publié dans le journal *Libération* le 16 juin 2006 : « Louise Labé, femme trompeuse ». Pour une synthèse des nombreuses prises de position, vous pouvez vous reporter au dossier du site de la Société internationale pour l'étude des femmes de l'Ancien Régime (siefar.org/louise-labe/).

2. Par commodité dans ce livre, et comme il est d'usage dans les publications et travaux de recherche, nous nommons Louise Labé l'autrice/l'auteur/les auteurs des *Œuvres* de 1555, tout en ayant en tête les divergences que nous venons d'exposer.

De la quenouille à la plume[1] : les conditions de l'émergence d'une littérature féminine

Nous devons nous garder de lire des poèmes aussi anciens avec les références d'aujourd'hui, en projetant des réflexions propres à notre époque sur des textes publiés il y a environ neuf cents ans et cinq cents ans. L'évolution des représentations nous a familiarisés avec un large choix d'œuvres rédigées par des femmes, et avec un courant littéraire, artistique et médiatique revendiquant pour celles-ci une voix dont on tentait de les priver. Mais si les deux poétesses qui nous intéressent clament leur singularité, elles n'appellent pourtant pas à une revendication au nom de toutes les femmes pensées comme un groupe aux intérêts communs. Louise Labé ne s'adresse qu'à un petit cercle dans son épître liminaire : Clémence de Bourges et les « vertueuses Dames » (p. 93). Il serait anachronique d'y projeter un signe avant-coureur des revendications contemporaines, même si on ne peut qu'être sensible aux racines d'un courant d'idées qui se développera dans les siècles suivants.

1. Il s'agit d'une référence à l'épître dédicatoire de Louise Labé : « je ne peux faire autrement que de prier les vertueuses Dames d'élever un peu leurs esprits par-dessus leurs quenouilles et fuseaux » (p. 93). La ***quenouille*** est un bâton de bois autour duquel on enroule les fibres végétales pour les filer avant de les tisser.

Le statut des femmes au Moyen Âge et à la Renaissance

Dans les domaines juridique et politique, il n'existe aucun débat sur la place des femmes au Moyen Âge [1] ni à la Renaissance. De manière significative, une femme n'était pas admise à faire valoir ses droits devant un tribunal – elle ne pouvait même pas être un témoin reconnu –, à moins d'avoir les moyens d'employer un homme défendant ses intérêts. À partir de l'époque franque, aux alentours du ve siècle, la transmission de la couronne est régie par la loi dite « salique », ensemble de textes juridiques codifiant la transmission des biens après un décès. Ces références juridiques ont été invoquées du XIVe au XVIe siècle pour fournir un prétexte à l'interdiction faite aux femmes d'accéder au trône de France. Les femmes furent alors exclues de la succession dès lors qu'il existait des héritiers masculins : l'idéologie juridique et politique dominante considérait que la prétendue instabilité des femmes était une menace pour la stabilité de la Couronne. Ce faisant, cette loi les privait fermement et durablement de toute autorité politique ainsi que d'une autonomie matérielle et financière. Une femme ne pouvait porter le titre de « reine de France » qu'en tant qu'épouse du roi et elle n'avait alors qu'un rôle purement protocolaire.

Des exceptions existent toutefois : quelques femmes ont gouverné ou partagé le trône. Ainsi, Anne de France (1461-1522), fille aînée de Louis XI, assume après la mort de son père

---

1. Étienne de Fougères, dans le *Livre des manières* (vers 1170, approximativement à l'époque de la rédaction des *Lais*), considère que la société rassemble six « états » différents : roi, membres du clergé, chevaliers, bourgeois, paysans... et femmes. Dans cette conception, il n'y a pas de diversité sociale pour le genre féminin, qui ne peut se définir que par son sexe. (Cité par Jacqueline Cerquiglini, dans *Femmes et littérature, op. cit.*, p. 32.) Cet « état féminin » est associé, de manière très dépréciative, à une nature brute, inculte.

la régence [1] (1483-1491) en attendant que son frère, qui deviendra Charles VIII, atteigne l'âge adulte. D'autre part, Louise de Savoie (1476-1531), mère de François Ier, fait de même pendant que celui-ci part combattre en Italie à deux reprises (en 1515 puis en 1523-1526). La fin de ce deuxième conflit est restée connue comme la « paix des Dames » (ou traité de Cambrai) : la trêve entre François Ier et Charles Quint est négociée et signée par des femmes. Louise de Savoie et sa fille y représentent la France, et Marguerite d'Autriche porte la voix de Charles Quint. Enfin, Catherine de Médicis (1519-1589) s'impose comme régente (1560-1563) dans l'attente que son fils, le futur Charles IX, devienne majeur, puis, après le décès de celui-ci (1574), avant de gouverner avec son autre fils qui deviendra Henri III.

L'émergence d'un féminisme littéraire ?

Il en va autrement dans le domaine littéraire, où les droits et les mérites des femmes ne sont pas figés par des lois. Dès le Moyen Âge s'est posée la question d'une littérature écrite par des femmes. En seraient-elles capables ? Serait-il honorable pour elles de prendre la plume ? En regard des écrits masculins, on s'est demandé si les textes féminins apporteraient une forme de nouveauté dans leur regard sur le monde et dans leur manière d'écrire [2]. Il est significatif que, dans l'œuvre poétique de Louise

1. ***Régence*** : gouvernement provisoire, période de transition entre deux règnes, notamment lorsque le futur monarque n'est pas en âge d'accéder au trône, ou pendant que le roi en exercice est retenu hors du royaume. Le statut de régente supposait d'avoir été désignée par le roi.
2. Dès l'Antiquité, Juvénal a raillé dans ses satires la femme lettrée, « oiseau rare sur terre et semblable au cygne noir » (*rara avis in terris nigroque simillima cycno*, *Satire* VI, v. 14).

Labé, revienne fréquemment la question de l'*étrangement*, c'est-à-dire l'impression d'avoir changé de genre en faisant l'expérience de l'amour et en se tournant vers les lettres [1].

Plusieurs moments littéraires marquants, rédigés en langue française, cristallisent cette réflexion. La « Querelle du *Roman de la Rose* » est née au XIIIe siècle de débats autour du roman rédigé vers 1230 par Guillaume de Lorris et achevé une quarantaine d'années plus tard (entre 1268 et 1285 environ) par Jean de Meun. Ces deux volets d'une même œuvre diffèrent autant dans leur style et leur contenu que dans le regard porté sur les femmes. Le premier exalte l'amour courtois et évoque l'idée que le sentiment amoureux permet d'accéder à la beauté et au divin. Le second adopte un point de vue misogyne : pour Jean de Meun, la vie amoureuse nuit aux vertus morales et spirituelles des hommes. Sa seule raison d'être est la procréation, prolongement de la Création divine afin que l'espèce humaine se perpétue. Le contexte religieux de l'époque valorise le célibat des prêtres comme la meilleure préparation à la vie dans l'au-delà, d'où une dépréciation du mariage et une méfiance à l'égard des relations avec les femmes.

Mais, alors que les hommes monopolisaient ces échanges d'idées, une femme s'érige contre les préjugés et les structures établies : c'est Christine de Pizan (vers 1364-1430). Fille d'un astrologue italien, aristocrate, elle devient veuve à vingt-cinq ans alors qu'elle est mère de trois enfants, et élabore une œuvre capitale, moralisatrice, savante et militante. L'histoire la retient comme étant la première femme de lettres à vivre de ses écrits et à considérer qu'il est légitime de défendre la cause des

1. C'est le cas, par exemple, lorsqu'elle évoque son penchant pour les jeux guerriers et qu'elle présente le lien douloureux entre les influences de Mars et d'Amour dans la première élégie (p. 104-105, v. 75-90).

femmes. Elle combat notamment les idées que Jean de Meun développe dans sa partie du *Roman de la Rose*. Parmi ses nombreux ouvrages, mentionnons *La Cité des Dames* : Christine, sorte de double de son autrice, voit apparaître Raison, Droiture et Justice, trois femmes allégoriques envoyées par Dieu. Celles-ci lui enjoignent de construire une cité fortifiée pour protéger les femmes [1]. Ce texte, qui se situe à l'articulation entre le Moyen Âge et la Renaissance, deviendra une référence européenne fondamentale qui nourrira les réflexions sur la condition des femmes, et notamment des femmes lettrées.

La « Querelle » se prolonge autour de *La Belle Dame sans mercy* d'Alain Chartier (vers 1385-1430), publiée en 1424. Il s'agit d'une œuvre de fiction dans laquelle s'affirme une argumentation radicale : un personnage féminin y développe un rejet systématique des clichés de la femme célébrée par les conventions de l'amour courtois – idéalisation de sa beauté, obligation d'accepter les requêtes amoureuses masculines, soumission à une place dévalorisante. Ainsi émergent, au début du XVᵉ siècle, les premières expressions d'une conscience et d'une revendication féministes, mais elles demeurent marginales dans les représentations de l'époque.

Pendant les années 1540, la « Querelle des Amyes » réactualise les questions soulevées par la « Querelle du *Roman de la Rose* ». Elle anime des cercles littéraires, opposant des groupes de penseurs et d'artistes qui défendent la légitimité des femmes de lettres, et des partisans du caractère prétendument naturel de la suprématie masculine. Dans l'esprit de la Renaissance, la

---

1. Abattue d'être née femme (chapitre I), ce qui la condamne à un sort dégradant, Christine devient la bâtisseuse d'une cité qui défendra l'honneur des femmes (voir l'extrait proposé dans le Dossier, p. 168).

supériorité masculine ne fait aucun doute, mais on vise à montrer que, dans le domaine littéraire, des femmes humanistes – privilégiées et peu nombreuses, aristocrates ou filles de savants, de lettrés, d'imprimeurs… – sont capables, en montrant leur érudition, de renouveler les formes littéraires. Des textes sont produits dans cette perspective, par défi, comme des exercices de virtuosité. Mais à aucun moment il n'est question que cette valeur littéraire des femmes sorte d'un milieu intellectuel privilégié et se concrétise dans la vie domestique ou sociale.

Formes poétiques et variations sur des thèmes amoureux

L'usage et les enjeux des textes liminaires

L'usage à l'époque de Marie de France comme à celle de Louise Labé est d'ouvrir une œuvre par un hommage sous forme de dédicace. Par cette pratique habituelle, l'autrice ou l'auteur offre symboliquement l'œuvre à un personnage puissant qui lui accorde une forme de protection politique mais aussi financière. Il est donc de coutume de témoigner sa gratitude à celle ou à celui qui a permis au livre de naître. Mais les textes liminaires sont aussi l'occasion de préciser un projet d'écriture, de justifier ce qui va suivre en expliquant les circonstances et les principes qui ont présidé à l'écriture. Pour des autrices, ce procédé est encore plus crucial car il leur faut prouver qu'elles sont légitimes aux yeux des dédicataires, mais aussi des lecteurs. Il s'agit alors souvent d'une forme de *captatio benevolentiæ*, procédé rhétorique veillant à s'attirer la bonne disposition des lecteurs qui pourraient être surpris ou irrités par l'audace de ces femmes.

Le « Prologue » de Marie de France (p. 45-47) est dédié à un « noble roi » non nommé – comme il était sur le trône, il n'était pas nécessaire de l'identifier –, Henri II Plantagenêt (1154-1189), qui incarne l'alliance des valeurs courtoises et de la vaillance (p. 46, v. 44). Le projet ici défendu est d'opérer la transition de l'oral vers l'écrit, de la matière bretonne vers la langue romane, ancêtre du français. Dans les contenus comme dans le choix de cette langue, écrite et versifiée, le « Prologue » affirme la grandeur des ambitions de Marie.

Les *Œuvres* de Louise Labé s'ouvrent par une épître (p. 93-96), c'est-à-dire une lettre. Comme dans le « Prologue » de Marie de France, ce texte liminaire fait l'éloge de l'éducation des femmes et du savoir dans une perspective d'émulation à l'égard du sexe masculin. Que les femmes cultivent leur esprit impose aux hommes d'abandonner leur arrogance et de se remettre en question, de donner le meilleur d'eux-mêmes, de peur d'être dépassés par ce sexe qu'ils auraient voulu maintenir dans un état d'infériorité et de dépendance. Plusieurs références sont faites aux « Dames » : les *Œuvres* de Louise Labé sont marquées par l'idée qu'une femme dédie à une femme des textes qui interpellent des femmes, et ne se limitent pas à évoquer l'amant et l'amour. De ce fait, l'épître liminaire de Louise Labé vise à agréger la communauté des femmes en montrant leurs possibilités intellectuelles et en sollicitant leur jugement.

Poétique des lais, sonnets et élégies

Les lais de Marie de France se présentent sous la forme de poèmes en octosyllabes à rimes plates. Ils reprennent les structures narratives du conte merveilleux transmis par la tradition orale, mais les nourrissent de thèmes originaux (voir plus haut, p. 13-15). Le plaisir de les « conter », écrit Marie, doit provoquer le plaisir du lecteur grâce à l'attention portée à la force du récit. En transformant les contes oraux en textes écrits, Marie pose les racines de l'art romanesque que nous connaissons aujourd'hui.

Parmi les poèmes de Louise Labé cohabitent deux formes poétiques. La première est celle de l'élégie, qu'illustrent trois poèmes d'une centaine de vers. Ce sont des poèmes en décasyllabes avec des rimes plates, sans partition en strophes. Cette forme remonte à une tonalité codifiée depuis l'Antiquité, où l'élégie désignait un propos marqué par l'expression de la plainte, sur un ton mélancolique et touchant. Il y est notamment question des fluctuations de l'amour (jalousie, fierté, gloire, douleur de l'absence) et des modèles éclairants qu'en proposent les personnages mythologiques. Une des sources de ces élégies réside dans les *Héroïdes* du poète latin Ovide (43 av. J.-C.-17 ou 18 apr. J.-C.) : ce sont des lettres fictives, en vers, qui expriment la plainte de personnages mythologiques, et notamment d'héroïnes célèbres après le départ ou la mort de leur amant. On peut y lire les chants déchirants de Pénélope, de Didon ou d'Ariane. À sa manière, Louise Labé tente de convaincre que la vie amoureuse d'une bourgeoise lyonnaise n'est pas moins passionnée et touchante que celle des héros mythologiques. Ses contemporains ne manquèrent pas d'attaquer l'impudeur de ses poèmes, voire, comme Jean Calvin, de considérer leur autrice comme une prostituée.

Puis figurent vingt-quatre sonnets, forme poétique qui deviendra dans les siècles suivants un modèle apprécié et indéfiniment renouvelé. Louise Labé recourt ici aussi au décasyllabe, l'alexandrin étant plutôt employé à l'époque pour des sujets considérés comme plus nobles. Le sonnet devient dans les années 1550 une forme fixe reconnue et en vogue. Ses quatorze vers se répartissent nécessairement en deux quatrains et deux tercets, non distingués dans la mise en page de l'époque. Une certaine souplesse existe dans la disposition des rimes, à ceci près qu'elles sont traditionnellement embrassées dans les quatrains (ABBA ABBA). Dans les tercets, différentes combinaisons peuvent apparaître, les plus répandues étant celles du sonnet dit « italien » (CCD EED) – pour treize sonnets des *Œuvres* – et du sonnet dit « français » (CCD EDE) – pour huit sonnets. Les sonnets 8, 9 et 10 s'octroient même la liberté de structures très audacieuses dans la distribution des rimes. Mais la force de cette forme poétique réside dans la tension extrême entre un moule très contraignant – ce qui amènera certains poètes à s'en détourner dans les siècles suivants – et des variations infinies de contenu, de musicalité, de tonalité.

L'inspiration de la thématique amoureuse, une tradition toujours renouvelée

Les *Lais* de Marie de France et les textes poétiques présents dans les *Œuvres* de Louise Labé sont espacés d'environ quatre cents ans. L'écart historique et culturel est donc immense entre ces recueils, mais ils se rejoignent dans l'évocation du sentiment amoureux que chacun explore selon des tonalités variées, qu'il soit lumineux ou douloureux, spirituel ou sensuel, réel ou fantasmé, voire surnaturel. Ces deux ensembles poétiques convergent dans une présentation de l'amour comme engagement physique et moral de toute la personne, avec pour but la réunion absolue de deux êtres, au prix d'une douleur extrême lorsque est envisagée leur séparation.

Cette thématique amoureuse est un fil majeur de l'histoire de la poésie. Elle trouve sa source chez des auteurs antiques, dont Sapphô [1] (VIIe-VIe siècle av. J.-C.), mais aussi Ovide et Horace (65-8 av. J.-C.). Toutefois, le projet poétique des deux recueils ici édités ne repose pas sur les mêmes démarches : dans ses poèmes, Marie de France affirme traduire des lais bretons ; quant aux poèmes lyriques de Louise Labé, ils semblent s'appuyer sur une expérience vécue de l'amour, ou du moins ils en donnent l'illusion, par l'emploi d'une énonciation à la première personne permettant d'accéder à la vie affective [2]. Les lecteurs de l'époque y voyaient la filiation aux auteurs antiques ainsi qu'à la tradition héritée de Pétrarque (1304-1374), dont le recueil *Le Chansonnier* (*Il Canzoniere*), rédigé en 1348, est la référence européenne codifiant l'évocation poétique de l'amour. Cette tradition de la poésie amoureuse présente la vie affective de manière stylisée, dans toute sa complexité, associant réflexion rationnelle, sentiment, rêverie et émoi des sens.

Parce qu'elles sont des femmes qui ont pris la plume, Marie de France et Louise Labé ont conscience de rompre avec des codes bien établis et d'affronter des résistances. Si Marie souligne l'originalité de son entreprise littéraire, elle ne donne pas pour autant l'impulsion à une revendication féministe comme le fera Christine de Pizan deux siècles plus tard. Mais employer le *je* de la conteuse pour Marie de France, ou le *je* amoureux de l'énonciation poétique au féminin pour Louise Labé est déjà un geste littéraire puissant et novateur. Puisque les spécialistes

1. Voir l'extrait reproduit dans le Dossier, p. 161.

2. Éliane Viennot écrit dans *Femmes et littérature*, *op. cit.*, p. 378 : « On a souvent pris pour des confessions des propos dont rien ne permet de savoir s'ils ont un fondement de réalité. »

poursuivent leurs recherches et débattent de manière parfois passionnée sur le statut incertain des autrices, c'est peut-être l'occasion de porter une plus grande attention à ce qui demeure incontestable, à savoir les textes eux-mêmes et leurs beautés troublantes qui façonnent toujours notre imaginaire. Nous vous convions à rencontrer ces textes, et à éprouver la remarque du dieu Apollon dans le cinquième discours du *Débat de Folie et d'Amour* de Louise Labé : « Bref, le plus grand plaisir qui soit après celui de l'amour, c'est d'en parler [1]. »

1. *Débat de Folie et d'Amour*, dans Louise Labé, *Œuvres complètes*, éd. F. Rigolot, GF-Flammarion, 2020, p. 76. Nous modernisons.

Traduire les *Lais* de Marie de France

Les *Lais* sont écrits en ancien français, une langue si différente de celle que nous parlons aujourd'hui qu'il est impossible pour un lecteur non accoutumé de les lire dans leur version d'origine ! Toute traduction est une transformation. Celle présentée dans cet ouvrage est guidée par le souci de servir fidèlement le sens des lais et les idées de l'autrice. En effet, Marie de France rassemble des lais afin de les « reconter », dit le « Prologue » (v. 48). La traduction – « en faire de nouveaux récits » – souligne l'intérêt primordial du passage à l'écrit, facteur de transformation de la matière initiale, le conte oral.

Nous avons conservé les vers du texte, mais la langue actuelle a été privilégiée dans les choix lexicaux, d'où le rejet des archaïsmes (par exemple, « destrier » est traduit par « pur-sang »). Les jeux de la langue médiévale avec les divers temps, notamment ceux du passé, ont été respectés, de même que le rythme singulier créé par les répétitions. Autant que possible, nous avons veillé à conserver des sonorités à la rime. Ainsi, la traduction inédite de cette édition se propose d'offrir au lecteur du XXIe siècle un texte accessible mais fidèle à celui qu'a écrit Marie de France au XIIe siècle.

Translater les poèmes de Louise Labé

L'édition proposée ici s'appuie sur le texte des *Œuvres* imprimé dans l'atelier de Jean de Tournes, à Lyon, en 1555 [1]. Cet ouvrage se concentre sur les textes poétiques du recueil dont il propose une version translatée. La translation consiste en une modernisation de la graphie et de la ponctuation d'un texte, sans porter atteinte au lexique ni à la syntaxe. C'est indispensable pour préserver le mètre et les rimes dans un texte poétique.

---

1. Voir la reproduction de la page de titre, p. 97.

Pour les textes en vers, nous avons adopté la disposition moderne du sonnet en sautant des lignes entre les strophes et en numérotant les poèmes en chiffres arabes. L'orthographe y a été modernisée dans la limite des contraintes prosodiques, à condition que cela n'affecte ni le mètre ni la rime (pour l'oreille et pour l'œil). Seule exception : l'adjectif « maint » et le nom qu'il qualifie ont été unifiés au pluriel, pour faciliter la compréhension, même si cela affectait la rime pour l'œil en fin de vers. La prose de l'épître liminaire à Clémence de Bourges a autorisé un travail plus large de reformulation, de recherche d'équivalents modernes au texte original.

Le lexique est sensiblement le même que celui employé aujourd'hui, mais les significations peuvent varier d'une époque à l'autre. Lorsque la modernisation n'était pas possible et que la formulation originale pouvait sembler obscure, nous avons maintenu le texte original en l'explicitant par une note de bas de page. Ainsi, nous souhaitions préserver le texte tout en le rendant accessible.

La ponctuation a demandé un important travail de modernisation, car son emploi n'était pas aussi rigoureusement défini qu'aujourd'hui. Les principales modifications concernent les multiples deux-points dont l'emploi au XVIe siècle n'a pas de réelle valeur syntaxique. Nous avons effectué des changements au cas par cas, rarement en maintenant les deux-points, parfois en leur substituant une virgule, parfois un point-virgule dans le cas de propositions juxtaposées. Nous avons respecté le nombre de phrases pour chaque poème. Nous n'avons pas séparé par un signe de ponctuation un sujet et son verbe, ni un verbe et son complément d'objet, ni un antécédent et sa relative restrictive, même lorsque c'était le cas dans le texte original.

CHRONOLOGIE

1154 1204 1524 1566

Repères historiques et culturels

Vie et œuvre des autrices

Repères historiques et culturels pour les *Lais* de Marie de France

1137	Mariage d'Aliénor d'Aquitaine avec le roi de France Louis VII (mariage annulé en 1152).
1147-1149	Deuxième croisade (Louis VII et son épouse Aliénor y participent).
1152	Mariage d'Aliénor d'Aquitaine avec le futur roi d'Angleterre Henri II Plantagenêt.
1154	Henri II Plantagenêt (1133-1189) est couronné roi d'Angleterre. Son règne est marqué par la rivalité avec la Couronne de France. Henri II Plantagenêt prend possession de nombreuses provinces de l'ouest de la France dans la seconde moitié du siècle.
1163	Début de la construction de Notre-Dame de Paris.
1170	Assassinat de Thomas Becket, l'archevêque de Cantorbéry. Premiers grands trouvères (poètes et jongleurs du nord de la France).
1170-1180	Premiers romans de Chrétien de Troyes (*Érec et Énide*, *Le Chevalier de la Charrette*). Premières branches du *Roman de Renart*.
1172	Louis VII attaque la Normandie et l'Anjou, alors possessions anglaises.
1180	Philippe Auguste couronné roi de France.
Vers 1185	Béroul, *Tristan*. Chrétien de Troyes, *Perceval ou le Conte du Graal* (son dernier roman).
1187	Saladin reprend Jérusalem.
1214	Victoire de Philippe Auguste à Bouvines.
Vers 1220-1230	Guillaume de Lorris, *Roman de la Rose*.

Vie et œuvre de Marie de France

Milieu du XIIe siècle	Naissance de Marie, peut-être en Angleterre, où elle passe la première partie de son existence. Elle mène une vie monastique, du moins pendant sa jeunesse. Elle fréquente la cour d'Henri II Plantagenêt qui est le plus brillant foyer culturel de l'Europe de cette époque : elle y rencontre sans doute des intellectuels importants, clercs et laïcs.
Vers 1160	*Lais*, dédiés à Henri II Plantagenêt (voir « Prologue »).
Vers 1180	*Fables*, probablement dédiées au comte d'Essex, Guillaume de Mandeville. Il s'agit de la première version française des fables d'Ésope auxquelles se référera La Fontaine. Elles sont apparues dispersées dans vingt-cinq manuscrits différents entre le XIIIe et le XVe siècle.
À partir de 1190	*Le Purgatoire de saint Patrick* (il n'est pas absolument certain que Marie de France en soit l'autrice). *Vie de sainte Audrée* (dernière œuvre connue de Marie de France).
Début du XIIIe siècle	Mort de Marie de France.

Repères historiques et culturels pour les poèmes de Louise Labé

1524 Naissance de Pierre de Ronsard.

1528 Castiglione, *Le Livre du courtisan*, publié à Venise. Manuel définissant les qualités d'un homme de cour et dont le retentissement énorme perdure jusqu'au siècle suivant. L'ouvrage est traduit en français dans une édition lyonnaise en 1537.

1530 Création du Collège royal, aujourd'hui Collège de France, par François Ier : il contribue à diffuser la pensée humaniste en France.

1532 Naissance supposée de Clémence de Bourges, dédicataire de l'épître liminaire.
Rabelais, *Pantagruel* (fiction en prose).

1533 Calvin adhère à la Réforme.
Naissance de Michel de Montaigne.
Maurice Scève, poète lyonnais, prétend avoir découvert le « tombeau de Laure » à Avignon et accentue l'engouement pour la poésie de Pétrarque.

1534 « Affaire des placards » : premières persécutions contre les protestants, Calvin quitte la France.
Rabelais, *Gargantua* (fiction en prose).

1539 Ordonnance de Villers-Cotterêts. L'usage du français devient obligatoire pour l'enseignement et les textes juridiques.

1541 Calvin, *Institution de la religion chrétienne*, exposant les principes de la conception réformée de la religion.

1543 Copernic, *Des révolutions des sphères célestes*, traité exposant sa démonstration de l'héliocentrisme qui déclenche une révolution scientifique et philosophique. Vésale publie un important traité sur le corps humain appuyé sur les conclusions de ses dissections.

Vie et œuvre de Louise Labé

Entre 1516 et 1523 Naissance de Louise Labé, fille d'un artisan cordier et d'une bourgeoise (qui meurt en 1523). Son père se remarie en 1527.

1542 À cheval et l'épée à la main, Louise Labé aurait pris part à un tournoi à Perpignan, vêtue d'un habit masculin et en se faisant appeler « Capitaine Loys ».

Vers 1544 Louise Labé épouse Ennemond Perrin, artisan cordier.

Repères historiques et culturels pour les poèmes de Louise Labé

1544 À Lyon, Maurice Scève, *Délie, objet de plus haute vertu* (recueil poétique).

1545 Pernette du Guillet (amie lyonnaise de Louise Labé), *Rymes* (recueil poétique, publication posthume).

1547 Mort de François Ier.
Début du règne d'Henri II (jusqu'en 1559).

1548 Entrée solennelle d'Henri II et Catherine de Médicis à Lyon, qui est l'occasion de fêtes grandioses.
Vasquin Philieul, *Laure d'Avignon* (première traduction de larges extraits du *Canzoniere* de Pétrarque).
La Boétie, rédaction du *Discours de la servitude volontaire* (qui sera publié en 1578).

1549 Du Bellay, *Défense et illustration de la langue française*, manifeste appelant à l'épanouissement d'une littérature originale et brillante en français, et *L'Olive*, premier recueil de sonnets amoureux en langue française.
Pontus de Tyard, *Erreurs amoureuses* (recueil de sonnets), imprimé par Jean de Tournes, qui sera l'imprimeur des *Œuvres* de Louise Labé.

1550 Ronsard, Livres I à IV des *Ode*s.

1552 Ronsard, *Les Amours* (première édition).

1553 Mort de Rabelais.
Ronsard, *Les Amours* : deuxième édition enrichie.

1555 Charles Quint, atteint de démence, abdique.
Jacques Peletier du Mans, *Art poétique* (traité).

1556 Signature de la trêve de Vaucelles, entre Henri II et Charles Quint.

Vie et œuvre de Louise Labé

Vers 1548 Mort du père de Louise Labé.
Louise Labé commence la rédaction du *Débat de Folie et d'Amour* (conte mythologique sous forme de dialogue en prose).

1552 Début supposé de la rédaction des sonnets.

1553 Rédaction supposée des élégies 1 et 3.

1554 Rédaction supposée de l'élégie 2.

1555 Louise Labé demande et obtient un privilège royal pour l'impression de ses *Œuvres*.
Rédaction de l'épître dédicatoire à Clémence de Bourges, datée du 24 juillet.

1556 Seconde édition des *Œuvres*.

Vers 1557 Mort d'Ennemond, l'époux de Louise.

Repères historiques et culturels pour les poèmes de Louise Labé

1559 Mort accidentelle d'Henri II lors d'un tournoi ; accession au trône de François II.
Marguerite de Navarre, *L'Heptaméron* (recueil de nouvelles).

1560 Mort de Joachim Du Bellay.
Ronsard, *Œuvres* (première édition rassemblant l'intégralité de ses poèmes publiés).
Début du règne de Charles IX (jusqu'en 1574).

1562 Début des guerres de Religion opposant protestants et catholiques.
Massacre de Vassy, où près de 50 protestants trouvèrent la mort.
Mort supposée de Clémence de Bourges.
Ronsard, *Discours des misères de ce temps* (poèmes défendant la cause catholique).

1564 Rabelais, *Cinquième Livre* (édition posthume).

Vie et œuvre de Louise Labé

1562 Les protestants s'emparent de la ville de Lyon. Plusieurs membres de la famille de Louise Labé se convertissent au protestantisme.

1564 Peste à Lyon, qui entraîne la mort ou le départ de nombreux amis de Louise.

1566 Mort de Louise Labé, inhumée dans sa propriété de Parcieux-en-Dombes dans l'Ain, au nord-est de Lyon.

Lais et Sonnets

Marie de France

Lais

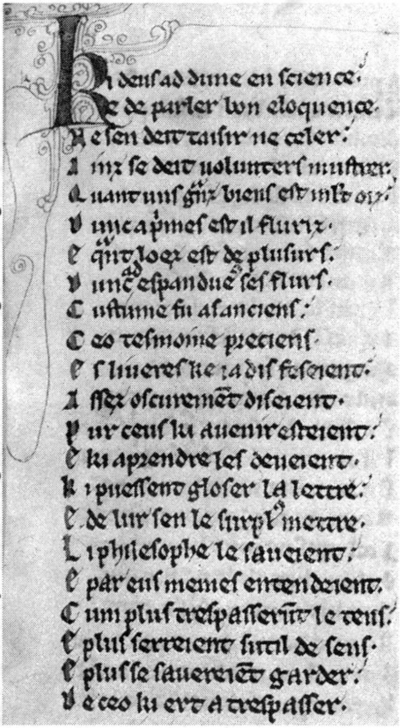

Transcription :

Ki Deus ad duné escïence
E de parler bon eloquence
Ne s'en deit taisir ne celer,
Ainz se deit voluntiers mustrer.
Quant uns granz biens est mult oïz,
Dunc a primes est il fluriz,
E quant loëz est de plusurs,
Dunc ad espandues ses flurs.
Custume fu as ancïens,
Ceo testimoine Precïens,
Es livres ke jadis feseient,
Assez oscurement diseient
Pur ceux ki a venir esteient
E ki aprendre les deveient,
K'i peüssent gloser la lettre
E de lur sen le surplus mettre.
Li philesophe le saveient,
Par eus meïsmes entendeient,
Cum plus trespassereit li tens,
Plus serreient sutil de sens
E plus se savreient garder
De ceo k'i ert a trespasser.

■ « Prologue » des *Lais*, manuscrit « Harley 978 » (XIIIe siècle), folio 139a, Londres, British Library.

Prologue

Qui [1] a été gratifié par Dieu de la connaissance
Et de l'art de parler avec éloquence
Ne doit ni se taire ni cacher ses dons,
Mais a le devoir de les exprimer bien volontiers.
Quand une œuvre de qualité est largement répandue,
Alors elle donne sa première floraison.
Quand elle fait l'objet d'une louange unanime,
Alors elle épanouit toutes ses fleurs.
C'était l'usage des Anciens [2],
Comme en témoigne Priscien [3],
Dans les livres qu'ils écrivaient jadis
De s'exprimer obscurément
Pour que tous ceux qui viendraient après eux
Et qui auraient à les étudier,
Puissent commenter la lettre de ces textes [4]
Et, grâce à leur interprétation, y apporter un surplus de sens.
Les poètes le savaient bien.
Ils avaient eux-mêmes conscience
Que, plus le temps défilerait,
Plus on gagnerait en subtilité
Et plus on éviterait de négliger
Ce qui pourrait disparaître [5].

---

1. ***Qui*** : celui ou celle qui.
2. ***Anciens*** : écrivains de l'Antiquité.
3. ***Priscien*** (Ve-VIe siècle) : grammairien latin ; il dirigea une école latine publique renommée à Constantinople. Son principal ouvrage, référence majeure des clercs médiévaux, est sa grammaire (*Institutiones grammaticæ*).
4. ***La lettre de ces textes*** : le sens littéral de ces textes.
5. Le passage fait référence à l'abondance des interprétations construites au fil du temps. Le temps long permet non seulement d'enrichir la compréhension des textes, mais aussi de conserver la subtilité des significations qui, sans ces interprétations successives, seraient négligées, oubliées.

Celui qui du vice veut se protéger
Doit étudier et s'efforcer
D'entreprendre une œuvre exigeante.
Il peut ainsi se tenir loin du vice
Et se délivrer de pénibles souffrances.
C'est la raison pour laquelle j'ai d'abord pensé
À écrire une belle histoire
En la traduisant du latin en français.
Mais cela ne m'aurait pas particulièrement valu d'égards [1].
Tant d'autres s'y sont consacrés !
J'ai pensé aux lais que j'avais entendus.
Je n'avais aucun doute à ce sujet. Je savais parfaitement
Que les auteurs qui avaient mis par écrit
Les aventures qu'ils avaient entendues
L'avaient tout d'abord fait pour conserver leur mémoire
Et, ensuite, pour les répandre.
J'ai entendu raconter beaucoup de lais.
Je ne veux pas les laisser de côté ni les oublier.
En rimes je les ai mis et en ai fait une œuvre poétique.
Que de fois j'ai veillé !

En votre honneur, noble roi,
Vous qui êtes si vaillant et si courtois [2]
Devant qui toute joie s'incline,
Et dans le cœur de qui tout bien s'enracine,
J'ai entrepris de rassembler des lais,
De les mettre en vers et d'en faire de nouveaux récits [3].

---

1. ***D'égards*** : de considération, d'estime.
2. En effet, on peut être « preux » sans être « courtois ». Il convient donc de bien distinguer les deux attributs. Être « courtois » signifie partager les valeurs de la « cour » : civilité, tempérance, politesse, élégance, respect des femmes, etc.
3. ***Faire de nouveaux récits*** : le passage à l'écrit est une transformation de la matière initiale ; le « conte » oral est de nouveau « conté par le récit ».

Au fond de mon cœur, je réfléchissais et me disais,
Monseigneur, que je vous les offrirais.
S'il vous plaît de les recevoir,
Vous me ferez une joie immense.
J'en serai heureuse à tout jamais !
Ne me considérez pas comme prétentieuse
Si j'ose vous faire ce présent.
Et maintenant, écoutez le commencement.

Bisclavret

Puisque je m'occupe d'écrire des lais
Je ne veux pas oublier *Bisclavret.*
Bisclavret est le nom en breton ;
Garou, l'appellent les Normands.

Jadis on pouvait entendre dire
– Et il arrivait souvent –
Que des hommes devenaient loups-garous [1]
Et habitaient dans les bois.
Un loup-garou, c'est une bête sauvage.
Tant qu'il se trouve dans cet état de bestialité féroce,
Il dévore les hommes, répand le mal autour de lui,
Vit et se déplace dans d'immenses forêts.
Mais ce sujet, je le laisse là [2] :
Je veux vous raconter l'histoire du Bisclavret.

En Bretagne habitait un noble seigneur,
J'en ai entendu dire des merveilles.
C'était un beau et brave chevalier
Qui se conduisait avec noblesse.
Il était l'intime de son suzerain [3]
Et aimé de tous ses voisins.
Il avait épousé une femme d'une grande valeur

---

1. Le motif des loups-garous revient régulièrement dans les récits médiévaux. Bien souvent, la transformation d'un homme en cette créature a pour origine la ruse maléfique d'une femme.

2. Après avoir parlé des loups-garous en général, la poétesse en vient à l'aventure particulière qu'elle veut raconter.

3. ***Il était l'intime de son suzerain*** : il était proche du seigneur dont il dépendait. Au Moyen Âge, dans le système féodal, les vassaux désignent des hommes qui doivent servir, souvent comme homme lige, leur seigneur ou leur roi – leur suzerain.

Dont l'apparence attirait le regard.
Il l'aimait et elle l'aimait.
Mais elle était très inquiète d'une chose :
Chaque semaine, elle le perdait
Trois jours entiers, si bien qu'elle ne savait
Ni ce qu'il devenait, ni où il allait,
Et aucun des siens n'en savait rien.
Une fois, alors qu'il était revenu
À la maison, joyeux et ravi,
Elle l'a interrogé et lui a demandé :
« Seigneur, dit-elle, mon cher et doux ami,
Il y a une chose que je vous demanderais
Bien volontiers, si j'osais.
Mais je crains tellement votre colère
Qu'il n'y a rien au monde que je redoute davantage. »
Quand il a entendu ces mots, il l'a prise dans ses bras,
L'a attirée contre lui et l'a embrassée.
« Dame, dit-il, demandez donc !
Quelque question que vous me posiez,
Si je sais la réponse, je vous la donnerai.
– Ma foi, dit-elle, je suis soulagée !
Seigneur, je suis si effrayée,
Les jours où vous partez loin de moi !
Mon cœur est saisi de craintes
Et j'ai tellement peur de vous perdre
Que, si je ne suis pas vite réconfortée à ce sujet,
Je peux en mourir très vite.
Mais dites-moi donc où vous allez,
Où vous êtes, où vous demeurez !
À mon avis, vous aimez une autre femme
Et, s'il en est ainsi, vous agissez mal.
– Dame, fait-il, par Dieu, pitié !
Il m'arrivera malheur si je vous le dis.
Car de votre amour, je me séparerai

Et moi-même, je me perdrai [1]. »
La dame entend ces paroles,
Elle ne les prend pas pour une plaisanterie.
Elle l'interroge si souvent,
Le cajole et le flatte tant
Qu'il lui raconte son aventure.
Il ne lui cache rien :
« Dame, je deviens loup-garou.
Je me rends là-bas dans cette grande forêt
Et, au plus épais du bois,
Je vis de proies et de rapines [2]. »
Après qu'il lui a tout raconté,
Elle continue et lui demande
S'il se déshabille ou s'il garde ses vêtements.
« Dame, dit-il, j'y vais tout nu.
– Dites-moi, au nom de Dieu, où sont vos vêtements ?
– Dame, répond-il, cela je ne vous le dirai pas,
Car si je les perdais
Et que j'étais aperçu dans cet état [3],
Loup-garou je resterais pour toujours.
Je n'aurais plus jamais aucun secours [4]
Tant qu'ils ne me seraient pas rendus.
C'est la raison pour laquelle je ne veux pas qu'on le sache.
– Seigneur, lui répond la dame,
Je vous aime plus que tout le monde !
Vous ne devez rien me cacher
Ni rien craindre de moi

1. L'union d'une mortelle avec un être « merveilleux » est toujours soumise à un interdit, c'est pourquoi le mari ne peut révéler son secret (voir aussi note 1, p. 67).
2. ***Rapines*** : vols, pillages.
3. ***Dans cet état*** : dévêtu (la nudité renvoie Bisclavret à la condition animale, tandis que le vêtement lui permet de retrouver forme humaine).
4. ***Je n'aurais plus jamais aucun secours*** : je ne pourrais plus jamais retrouver la condition humaine.

Ou ce ne serait pas une preuve d'affection.
Qu'ai-je donc fait de mal ? Pour quel péché
Me craignez-vous en quoi que ce soit ?
Dites-le-moi, votre secret, vous agirez bien ! »
Elle le tourmente tant, elle le harcèle tant
Qu'il ne peut rien faire d'autre : il le lui dit.
« Dame, fait-il, près du bois,
Au bord du chemin que je suis,
Se trouve une vieille chapelle
Qui, souvent, m'est bien utile :
Là se trouve une pierre creuse et large,
Sous un buisson, évidée [1] à l'intérieur.
J'y mets mes vêtements, sous le buisson,
Jusqu'à ce que je revienne à la maison. »
La dame entend cette nouvelle prodigieuse.
De peur, elle en devient toute rouge.
Cette aventure la plonge dans l'effroi.
Elle réfléchit longuement à différents moyens
De se séparer de son mari.
Elle ne veut plus désormais coucher avec lui.

Il y avait un chevalier dans le pays
Qui, depuis longtemps, l'aimait,
Souvent l'assaillait de prières et de requêtes,
Et souvent lui proposait ses services.
Elle ne l'avait jamais aimé
Ni ne lui avait témoigné son amour.
Elle l'a envoyé cherché par un messager
Et lui a ouvert son cœur :
« Mon ami, dit-elle, réjouissez-vous !
Ce qui vous tourmente,
Je vous l'accorde sans délai.

1. ***Évidée*** : creuse, vide.

Jamais plus vous ne rencontrerez d'opposition :
Mon amour et mon corps, je vous les offre.
Faites de moi votre amante ! »
Il la remercie aimablement,
Reçoit sa promesse
Et elle s'engage par serment.
Ensuite, elle lui raconte comment
Son mari s'en va et ce qu'il devient.
Le chemin qu'il prend
Pour aller dans la forêt, elle le lui révèle.
Elle l'envoie alors voler ses vêtements.
C'est ainsi que Bisclavret est trahi
Et conduit à sa perte par sa femme.
Comme on l'avait perdu de vue longtemps
Tout le monde crut
Qu'il était parti pour de bon.
Il fut minutieusement recherché
Mais ils ne purent le trouver
Et il leur fallut abandonner les recherches.
La dame épousa donc celui
Qui l'avait longtemps aimée.

Les choses en restent là toute une année,
Jusqu'au jour où le roi part à la chasse.
Il va droit dans la forêt
Où le loup-garou se trouve.
Dès que les chiens sont lâchés,
Ils tombent sur lui.
Toute la journée, le poursuivent
Les chiens et les veneurs [1],
Si bien qu'ils sont à deux doigts de le capturer,
De l'écorcher et de le brutaliser.

---

1. ***Veneurs*** : chasseurs.

Dès qu'il a vu le roi,
Le loup-garou se lance vers lui et implore sa pitié.
Après l'avoir saisi par son étrier
Il lui embrasse la jambe et le pied.
Le roi le voit bien, prend peur
Et appelle tous ses compagnons.
« Seigneurs, dit-il, approchez !
Regardez ce prodige [1],
Comme cette bête se prosterne [2] humblement.
Elle a l'intelligence d'un être humain, elle implore grâce !
Faites-moi reculer tous ces chiens
Et veillez à ce que personne ne la frappe !
Cette bête est douée de raison et d'intelligence.
Dépêchez-vous ! Allons-nous-en !
Cette bête, je vais lui accorder ma protection
Car je ne chasserai plus aujourd'hui. »

Alors le roi s'en retourne
Et le loup-garou le suit.
Il reste au plus près du roi, ne veut pas s'en éloigner.
Il n'a pas envie de le quitter.
Le roi l'emmène dans son château.
Il est très joyeux, il est très content,
Car jamais il n'a vu une chose pareille.
Il le considère comme un grand prodige
Et l'entoure des plus grands soins.
Il ordonne à tous ses gens
Que, par amour pour lui, ils traitent bien le bisclavret
Et ne lui fassent aucun mal.
Qu'il ne soit frappé par personne !
Qu'on lui donne bien à boire et à manger !

---

1. ***Prodige*** : événement ou être extraordinaire, miracle.
2. ***Se prosterne*** : s'abaisse, s'incline.

Tous se sont bien volontiers occupés du loup-garou.
Il va tout le temps se coucher
Parmi les chevaliers et près du roi.
Il n'y en a pas un seul qui n'éprouve de l'affection pour lui
Tellement il est loyal et d'une bonne nature.
Jamais il n'aurait voulu faire le moindre mal.
Où qu'aille le roi,
Il ne souhaite pas être séparé de lui
Et se trouve toujours en sa compagnie.
Le roi s'aperçoit bien de l'amour qu'il lui porte.

Écoutez maintenant ce qui advint [1] !
Lors d'une cour qu'il avait réunie
Le roi avait convoqué tous les seigneurs,
Ceux qui avaient reçu de lui un fief [2],
Afin de donner plus d'éclat à la fête
Et pour l'assurer de leurs plus hautes considérations.
Le chevalier qui avait épousé la femme de Bisclavret,
Brillamment et bien équipé,
S'y est rendu.
Il ne savait pas, n'imaginait pas,
Qu'il pourrait le trouver si près de lui !
Dès qu'il entre dans la grand-salle,
Le loup-garou l'aperçoit
Et, d'un bond, saute sur lui,
Le saisit de ses crocs et le tire vers lui.
Il lui aurait fait bien plus mal
Si le roi ne l'avait rappelé

---

1. Le texte original dit : *cum avint*. Ce verbe *advenir* est la racine du substantif « aventure ». Marie de France annonce ainsi les événements extraordinaires, ou « aventureux », de cette histoire de loup-garou.

2. ***Un fief*** : une terre que possède le roi et qu'il confie à ses vassaux (ici, les seigneurs) en échange de leur service et de leur fidélité.

Et menacé d'un bâton.
Deux fois dans la journée, il veut mordre le chevalier.
Beaucoup sont frappés d'étonnement
Car, jamais, il n'avait eu un tel comportement
En présence d'une personne.
Tous disent, dans le palais,
Qu'il n'agit pas ainsi sans raison :
Le chevalier lui a sans doute fait du mal, de quelque manière
[que ce soit,
Car l'animal semblait bien déterminé à se venger.

Pour cette fois, les choses en restent là
Jusqu'à ce que la fête s'achève
Et que les seigneurs prennent congé.
Ils retournent chez eux.
Parmi les premiers, je pense,
S'en est allé le chevalier
Que le loup-garou a attaqué.
Pas étonnant qu'il le haïsse !
Très peu de temps après
Selon moi et d'après ce que je comprends,
Le roi, si sage et si juste,
Retourne dans la forêt
Où le loup-garou avait été découvert.
Ce dernier y est allé avec lui.
Le soir, sur le chemin du retour,
Le roi trouve à se loger dans le pays.
L'épouse de Bisclavret l'apprend.
Elle s'est longuement préparée pour paraître à son avantage [1].
Le lendemain, elle va parler au roi
Et lui fait porter un cadeau magnifique.
Quand Bisclavret la voit venir

1. ***Paraître à son avantage*** : mettre en valeur sa beauté.

Personne ne peut le retenir.
Il se jette sur elle, comme enragé.
Écoutez comme il s'est bien vengé :
Il lui a arraché le nez du visage [1].
Qu'aurait-il pu lui infliger de pire ?
On le menace de toutes parts,
Et déjà on l'aurait mis en pièces,
Quand un homme plein de sagesse s'adresse au roi :
« Sire, fait-il, écoutez-moi !
Cette bête a vécu à vos côtés.
Il n'y a pas un seul d'entre nous
Qui ne l'ait observée longuement
Et ne se soit trouvé près d'elle souvent.
Jamais elle n'a touché qui que ce soit
Ni fait preuve de la moindre cruauté,
Sauf envers la dame que je vois ici.
Au nom de la fidélité que je vous dois,
La bête a quelque raison d'être furieuse contre elle
Comme envers son mari.
C'est la femme du chevalier
Pour qui vous aviez tant d'affection,
De qui la trace a depuis longtemps été perdue
Sans que nous sachions ce qu'il est devenu.
Soumettez donc la dame à la torture
Pour qu'elle dise
Quelle raison cette bête a de la haïr.
Faites-le lui dire si elle le sait.
Bien des merveilles, nous en avons vu
Advenir en Bretagne. »
Le roi suit son conseil :
D'une part, il retient le chevalier prisonnier,

---

1. Marie de France s'inspire des récits médiévaux populaires où l'on trouve souvent le motif de la mutilation du nez en guise de punition.

D'autre part, il fait saisir la dame
Et la soumet à un cruel supplice.
Sous l'effet de ce supplice et de la peur,
Elle raconte l'histoire de son ancien mari :
Comment elle l'avait trahi
Et lui avait dérobé ses vêtements,
Les aventures qu'il lui avait révélées,
Ce qu'il devenait et où il allait,
Comment, depuis qu'elle lui avait dérobé ses vêtements,
Il n'a plus jamais été revu au pays.
Elle imagine et elle est persuadée
Que la bête est bien Bisclavret.
Le roi exige les vêtements.
Que cela lui plaise ou qu'elle ne le veuille pas,
Il les fait rapporter
Et rendre au loup-garou.
Mais quand ils sont déposés devant lui
Il n'y prête aucune attention.
L'homme plein de sagesse qui a conseillé
Le roi, lui déclare :
« Sire, vous n'agissez pas comme il faut !
Cet animal n'accepterait pour rien au monde,
Devant vous, de passer ses vêtements
Ni d'abandonner son apparence de bête.
Vous ne savez pas l'importance que cela a pour lui :
Il en ressent une honte immense.
Dans tes appartements fais-le [1] conduire
Et apporter ses vêtements avec lui.
Laissons-le un bon moment,
S'il reprend forme humaine, nous le verrons bien. »
Le roi en personne l'a conduit

1. Le sage chevalier est un intime du roi : il peut aussi bien employer à son égard le « vous » que le « tu ».

Et a fermé toutes les portes derrière lui.
Un peu plus tard, il y retourne
Accompagné de deux seigneurs.
Ils entrent tous les trois dans la chambre.
Sur le lit personnel du roi,
Ils trouvent le chevalier endormi.
Le roi court le prendre dans ses bras.
Plus de cent fois, il l'étreint et l'embrasse.
Dès qu'il le peut
Il lui rend tous ses biens,
Et bien plus que ce que je dis là.
Il exile sa femme du pays
Et la bannit loin du territoire.
Elle s'en va avec celui
Pour qui elle avait trahi son mari.
Ils eurent beaucoup d'enfants.
On a pu ensuite facilement les reconnaître
À leur apparence et à leur visage :
Plusieurs femmes de ce lignage [1],
C'est la vérité, sans nez, sont nées [2]
Et ont vécu ainsi privées de nez.

L'aventure que vous venez d'entendre
Est la vérité, n'en doutez pas.
À propos de Bisclavret fut écrit le lai,
Pour qu'en soit conservée la mémoire à tout jamais.

---

1. ***Lignage*** : descendance, famille.

2. Cette construction est bien celle du lai. Nous conservons volontairement cette expressive reprise sonore voulue par l'autrice du lai.

■ *Lettrine avec loup armé* (XIIIe siècle), Bibliothèque municipale de Besançon.

Lanval

L'aventure d'un autre lai,
Telle qu'elle est arrivée, c'est ce que je vais vous raconter.
Il a été composé au sujet d'un noble chevalier.
En breton [1], on l'appelle *Lanval.*

À Carduel [2] séjournait le roi
Arthur, le vaillant, le noble,
À cause des Scots et des Pictes [3]
Qui dévastaient le pays.
Ils entraient dans le royaume de Logres [4]
Et, très souvent, le ravageaient.
À la Pentecôte, en été,
Le roi y séjournait.
Il offrit des magnifiques cadeaux
Aux comtes et aux grands seigneurs.
À ceux de la Table Ronde
– Il n'y en avait pas de pareils dans tout le monde –,
Il distribua femmes et terres [5]
À tous, sauf à un seul d'entre eux qui avait été à son service [6] :

---

1. ***Breton*** : l'une des langues celtiques parlées en Angleterre avant la conquête des Normands (1066).
2. Le roi Arthur réside régulièrement dans cette ville du nord-ouest de l'Angleterre.
3. Les ***Scots***, venus d'Irlande, s'établirent sur la côte ouest de l'Écosse au VIe siècle. Ils imposèrent au IXe siècle leur domination aux ***Pictes*** et donnèrent leur nom à l'Écosse (*Scotland*).
4. ***Le royaume de Logres*** : le royaume d'Arthur, d'après l'histoire mythique de l'île de Bretagne (qui correspond aujourd'hui à la Grande-Bretagne) rédigée par Geoffroy de Monmouth, clerc gallois du XIIe siècle, à partir de légendes locales.
5. Tel est le but, plus ou moins explicite, de bien des quêtes chevaleresques.
6. ***À son service*** : en échange du service des armes, le roi héberge et protège ses chevaliers.

C'était Lanval. Le roi ne s'est pas souvenu de lui
Et personne, dans son entourage, n'est intervenu en sa faveur.
Pour sa valeur, pour sa générosité,
Pour sa beauté, pour sa bravoure,
Beaucoup l'enviaient.
Tel qui faisait semblant de l'aimer,
Si un malheur lui était arrivé,
N'aurait pas eu le moindre mot pour le plaindre.
Lanval était le fils d'un roi de haut lignage [1].
Cependant, il était éloigné de ses domaines [2].
Il était de la maison du roi,
Mais il avait dépensé toutes ses ressources,
Car le roi ne lui avait rien donné
Et Lanval ne lui avait rien demandé.
Voilà Lanval très embarrassé,
Très malheureux et très inquiet.
Messeigneurs, n'en soyez pas étonnés !
Un étranger abandonné
Est bien malheureux dans un pays autre que le sien
Quand il ne sait où trouver du secours.

Le chevalier dont je vous parle,
Qui a si bien servi le roi,
Monte un jour sur son pur-sang [3]
Et va se promener.
Il est sorti de la ville
Et arrive, seul, dans un pré.
Au bord d'un cours d'eau, il met pied à terre.

---

1. ***Lignage*** : voir note 1, p. 59.
2. Donc privé de ses hommes et de ses revenus.
3. ***Pur-sang*** est le nom qui, dans notre langue contemporaine, nomme le « destrier », cheval rapide généralement utilisé pour les combats (à la différence du « palefroi », terme qui sera traduit plus loin par « cheval de parade »).

Mais son cheval se met à trembler violemment
Il le dessangle [1], s'éloigne,
Et, au milieu du pré, il le laisse s'ébattre.
Il replie le pan [2] de son manteau
Sous sa tête et s'allonge.
Tourmenté par sa misère,
Il ne voit rien qui lui fasse plaisir.
Allongé de cette manière,
Il regarde vers le bas, du côté de la rivière,
Et voit venir deux demoiselles.
Jamais il n'en avait vu de plus belles !
Elles étaient admirablement vêtues,
Lacées très étroitement [3]
Dans des tuniques de fourrure grise.
Et quels visages remarquables !
La plus âgée portait deux bassins [4]
D'or pur, réalisés avec finesse.
La vérité, je vous la dis, sans mentir.
L'autre portait une serviette.
Elles se sont dirigées tout droit
Vers l'endroit où le chevalier était allongé.
Lanval, qui était très bien élevé,
S'est levé pour aller à leur rencontre.
Elles l'ont salué en premier
Puis lui ont fait part de leur message :
« Monseigneur Lanval, ma maîtresse,
Dont la valeur est exceptionnelle, qui est si sage, si belle,

---

1. ***Il le dessangle*** : il défait les sangles de la selle.
2. ***Pan*** : partie d'un vêtement.
3. Les boutons ne sont pas utilisés à l'époque ; ce sont des lacets qui maintiennent les vêtements.
4. ***Bassins*** : récipients creux employés pour la toilette, pour le transport de l'eau ou pour des cérémonies religieuses.

Nous envoie vers vous.
Venez donc avec nous !
Paisiblement, nous vous conduirons.
Voyez, son pavillon [1] est tout prêt. »
Le chevalier part avec elles.
Son cheval ne le préoccupe plus,
Il paissait devant lui, dans le pré.

Elles l'ont amené jusqu'à la tente,
Très belle et bien dressée.
Ni la reine Sémiramis [2],
Quand elle eut le plus de biens,
Le plus de pouvoir et le plus de connaissances,
Ni l'empereur Octavien [3],
N'auraient pu s'en offrir le pan [4] droit !
Un aigle d'or était placé au sommet.
Je ne peux en estimer le prix,
Ni celui des cordes et des piquets
Qui tenaient les toiles de la tente.
Sous le ciel, aucun roi n'aurait pu les acheter
Quel que soit le prix qu'il aurait pu en offrir.
À l'intérieur de la tente se trouvait la jeune fille.
La fleur de lys et la rose nouvelle,
Lorsqu'elles s'épanouissent au printemps,
La jeune fille les surpassait par sa beauté !
Elle était allongée sur un lit somptueux
– Les draps valaient un château –

1. ***Pavillon*** : la tente, en général magnifique, du seigneur en campagne.
2. ***Sémiramis*** : reine légendaire de Babylone (cité antique de Mésopotamie). Voir aussi l'élégie 1 de Louise Labé, p. 104, v. 61.
3. ***Octavien*** (63 av. J.-C.-14 apr. J.-C.) : fils adoptif de Jules César, couronné empereur sous le nom d'Auguste.
4. Le ***pan*** désigne ici une partie du tissu de la tente.

■ Enluminure du Maître de Dunois dans le manuscrit du *Roman de Guiron le Courtois* (XVe siècle), Bibliothèque nationale de France.

Vêtue seulement d'une chemise[1].
Que son corps était bien fait et admirable !
Un manteau d'hermine[2] blanche
Recouverte de soie d'Alexandrie
Était jeté sur ses épaules pour lui tenir chaud.
Elle avait tout le côté découvert
Ainsi que son visage, son cou et sa poitrine,
Plus blanche que la fleur d'aubépine.
Le chevalier s'est avancé
Et la jeune fille l'a appelé.
Il s'est assis devant le lit.
« Lanval, dit-elle, cher ami,
Pour vous, j'ai quitté ma terre[3].
De très loin, je suis venue vous chercher.
Si vous êtes vaillant et noble
Aucun empereur, aucun comte, aucun roi
N'aura jamais bénéficié d'autant de joie ni de bonheur,
Car je vous aime plus que toute chose. »
Il la regarda. Il vit combien elle était belle.
Amour le pique de l'étincelle
Qui enflamme et embrase le cœur.
Il lui répond avec douceur :
« Belle, dit-il, s'il vous plaisait
De bien vouloir m'aimer,
Et si une telle joie m'arrivait,
Vous ne pourriez rien ordonner
Que je n'exécute de toutes mes forces.
Folie ou sagesse,

---

1. ***Chemise*** : à l'époque, tunique qui se porte sous la robe ou pour dormir.
2. ***Hermine*** : fourrure précieuse qui vient de l'animal du même nom.
3. Comme Lanval, ce personnage peut vivre des aventures extraordinaires parce qu'il se trouve loin et exclu de l'ordre social : c'est ce qui caractérise le héros.

Je ferai ce que vous commanderez.
Pour vous, j'abandonnerai le monde entier.
Jamais je ne chercherai à me séparer de vous.
Tel est mon désir le plus cher ! »
Quand la jeune fille a entendu
Celui qui pourrait l'aimer autant,
Son amour et son corps, elle les lui offre.
Lanval est en bonne voie !
Elle lui fit alors un don :
Désormais, quoi qu'il souhaite,
Il sera exaucé autant qu'il voudra.
Qu'il donne, qu'il dépense généreusement ;
Elle lui fournira tout ce qu'il veut.
Lanval est comblé :
Plus il dépensera largement
Et plus il aura de l'or et de l'argent !
« Ami, dit-elle, à présent je vous avertis :
Je vous ordonne et vous prie
De ne vous confier à personne[1].
Je vais vous en donner la raison :
Pour toujours vous me perdriez
Si notre amour était connu.
Plus jamais vous ne pourriez me voir
Ni posséder mon corps en maître. »
Il lui répond qu'il respectera strictement
Tout ce qu'elle exigera de lui.
Dans le lit, à côté d'elle, il s'est allongé.
Lanval est bien logé maintenant !

---

1. L'interdit pour un être humain de révéler l'identité de la créature merveilleuse dont il est épris est un thème que l'on retrouve dans de nombreux récits du Moyen Âge et de l'Antiquité. C'est le cas dans la légende de Mélusine qui, tous les samedis, doit cacher son identité de sirène à son époux, l'être mortel Raymondin.

Avec elle, il passe tout l'après-midi
Jusqu'au soir.
Il y serait resté plus longtemps s'il avait pu
Et si son amie [1] y avait consenti.
« Ami, dit-elle, levez-vous !
Vous ne pouvez séjourner ici plus longtemps.
Allez ! Moi, je resterai.
Mais je vais vous dire quelque chose :
Quand vous voudrez me parler
Vous ne saurez penser à aucun endroit,
Où l'on peut être en compagnie de son amie
Sans reproche et sans indignité,
Que je ne m'y présente [2]
Pour satisfaire tous vos désirs.
Aucun homme, à part vous, ne me verra
Ni ne pourra entendre mes paroles. »
Quand il a entendu ces mots, il est rempli de joie.
Il l'embrasse et se lève.
Les demoiselles qui l'avaient amené à la tente
Lui passèrent des habits magnifiques.
Quand il fut vêtu de neuf,
Sous le ciel, il n'y avait pas de plus beau jeune homme.
Il n'a pas l'air d'un fou ni d'un rustre [3] !
Elles lui donnent de l'eau pour se laver les mains
Et une serviette pour les essuyer.
Puis elles lui portent à manger
Et il partage avec son amie un dîner

---

1. ***Amie*** : amante, maîtresse, bien-aimée. Le terme ***amie*** associe à la signification sentimentale une signification érotique. « Maîtresse » et « amante » n'existent pas en ancien français.

2. ***Vous ne saurez penser à aucun endroit/ [...] Que je ne m'y présente*** : Pensez à un endroit/ [...] Et je m'y présenterai.

3. ***Rustre*** : paysan, personne grossière.

Qui n'était pas à refuser !
Il est servi avec raffinement [1]
Et prend son repas avec grande joie.
Un brillant divertissement est offert,
Il plaît beaucoup au chevalier,
Car il embrasse souvent son amie
Et l'enlace étroitement.
Quand ils sortent de table,
Son cheval lui est amené.
On lui avait bien mis sa selle.
Il avait profité d'un excellent service !
Il prend congé, se met en selle
Et se dirige vers la cité.
Il regarde souvent derrière lui.
Lanval est en proie à une vive émotion !
Il pense constamment à son aventure.
Doutant en son cœur de sa réalité,
Il est abasourdi. Il ne sait que croire
Et se figure qu'elle n'a rien de vrai.

Il revient à son logis.
Il trouve ses hommes bien vêtus.
Ce soir-là, il offre généreusement l'hospitalité,
Mais personne ne sait d'où tout cela lui vient.
Il n'y avait dans la ville de chevalier
Se trouvant dans le besoin
Qu'il ne le fasse venir chez lui
Pour richement et généreusement le servir.
Lanval donnait des cadeaux précieux,
Lanval payait les rançons des prisonniers,

1. La courtoisie, avant d'être un art d'aimer, est un code moral et social, fait de bonnes manières, de ***raffinement*** (comme dans ce vers), de tempérance et de respect généreux.

Lanval fournissait des vêtements aux jongleurs,
Lanval distribuait des biens somptueux.
Il n'y avait personne, étranger ou familier,
À qui Lanval ne fasse des dons.
Lanval ressent beaucoup de joie et de plaisir.
Que ce soit le jour, que ce soit la nuit,
Il peut voir souvent son amie,
Elle est entièrement à ses ordres.

La même année, me semble-t-il,
Après la fête de la Saint-Jean [1],
Près de trente chevaliers
Étaient allés se distraire
Dans un jardin, aux pieds de la tour
Où habitait la reine.
Avec eux, il y avait Gauvain
Et son cousin, le bel Yvain [2].
Alors, le noble et valeureux Gauvain prend la parole,
Lui qui est aimé de tout le monde :
« Par Dieu, mes seigneurs, nous avons mal agi
Envers notre compagnon Lanval
Qui est si généreux et si noble,
– Lui dont le père est un puissant roi –
Car nous ne l'avons pas amené avec nous. »
Alors ils rebroussent chemin
Et retournent à son logis.
Ils ramènent Lanval avec eux à force de prières.

---

1. ***Fête de la Saint-Jean*** : célébration qui a lieu aux alentours du 20 juin. D'abord païenne, elle devient une fête religieuse où l'on célèbre la lumière d'été.

2. ***Gauvain*** et ***Yvain*** : chevaliers de la cour d'Arthur que l'on retrouve notamment dans le roman de Chrétien de Troyes *Yvain ou le Chevalier au lion* (XIIe siècle).

À l'embrasure d'une fenêtre
S'était appuyée la reine.
Trois dames se trouvaient avec elle.
Elle a remarqué les chevaliers du roi.
Elle a reconnu Lanval, l'a regardé avec attention
Et a appelé l'une de ses dames
Pour qu'elle fasse venir ses suivantes,
Les plus gracieuses et les plus belles.
Elles iront avec elle se distraire
Là, dans le verger, où se trouvent les chevaliers.
Elle en a amené avec elle plus de trente,
Elles ont descendu les marches jusqu'en bas.
Les chevaliers vont à leur rencontre,
Très joyeux de les voir.
Ils les ont prises par la main.
Cette assemblée-là n'est pas celle de rustres !
Lanval se met à l'écart
Très loin des autres. Il lui tarde
De tenir son amie dans ses bras,
De l'embrasser, de l'enlacer et de la sentir contre lui.
La joie des autres, il l'apprécie peu
Quand il ne jouit pas de son propre plaisir.
Lorsque la reine voit qu'il est seul
Elle se dirige tout droit vers le chevalier,
S'assoit à ses côtés et lui adresse la parole.
Tout son cœur, elle le lui dévoile :
« Lanval, je vous ai toujours beaucoup estimé,
Et beaucoup chéri et beaucoup aimé.
Vous pouvez avoir tout mon amour.
Confiez-moi donc votre désir !
Je vous offre toute ma tendresse,
Vous devez être très content de moi.
– Dame, dit-il, laissez-moi tranquille !
Je ne me soucie pas de vous aimer.

Longtemps, j'ai été au service du roi
Je ne veux pas trahir la foi que je lui ai jurée.
Jamais, ni pour vous ni pour votre amour,
Je ne ferai de tort à mon seigneur. »
La reine se met en colère.
Furieuse, elle tient des propos insultants :
« Lanval, dit-elle, je sais bien
Que vous n'appréciez guère ce genre de plaisir.
On me l'a dit très souvent :
Vous ne ressentez pas de désir pour les femmes.
Vous avez de jeunes serviteurs aux belles formes,
C'est avec eux que vous prenez votre plaisir.
Misérable lâche, infâme traître [1],
Mon seigneur est bien malheureux,
Lui qui vous supporte à ses côtés.
À mon avis, il en perd la grâce de Dieu ! »
Quand Lanval entend ces propos, sa douleur est vive.
Il n'est pas long à lui répondre.
Et il dit des choses sous l'effet de la colère
Dont il se repentit souvent depuis :
« Dame, fait-il, dans ce genre de pratiques,
Je n'ai aucune compétence.
En revanche, j'aime et suis aimé
D'une femme qui mérite d'être appréciée plus
Que toutes celles que je connais.
Et je vais vous dire une chose :
Sachez-le bien clairement,
N'importe laquelle de celles qui la servent,
Même sa plus humble jeune fille,
A plus de valeur que vous, madame la reine,

---

1. Le motif de la reine qui offre son amour à un serviteur de son mari et se voit repoussée se retrouve dans plusieurs histoires d'origines très diverses, notamment dans le célèbre récit biblique « Joseph et la femme de Putiphar ».

Par son corps, son visage, sa beauté,
Son éducation et sa bonté. »

La reine s'en va aussitôt
Et se retire dans sa chambre, en pleurs.
Elle est extrêmement malheureuse et vexée
D'avoir été ainsi humiliée.
Malade, elle se couche.
Jamais, plus, se dit-elle, elle ne se lèvera
Tant que le roi n'aura pas reconnu son bon droit
À propos de ce dont elle aura l'occasion de se plaindre.
Le roi est revenu de la forêt.
Il avait été de bonne humeur toute la journée.
Il entre dans les appartements de la reine.
Dès qu'elle le voit, elle se met à crier,
Tombe à ses pieds, implore sa pitié
Et dit que Lanval l'a déshonorée :
Il a requis son amour [1]
Et, comme elle l'a repoussé,
Il l'a vivement calomniée et offensée.
Il s'est vanté d'avoir une amie
Si charmante, si noble, si sublime,
Que la femme de chambre
La plus modeste à son service
Valait bien mieux que la reine.
Le roi entre dans une violente colère.
Il jure, en prêtant serment,
Que si Lanval ne peut se défendre devant la cour,
Il le fera brûler ou pendre.

Alors, de la chambre, le roi est sorti.
Il appelle trois de ses barons

1. Ce récit de la reine est au discours indirect libre.

Et les envoie chercher Lanval
Qui était accablé de chagrin et de désespoir.
Il était revenu chez lui
Et s'était bien rendu compte
Qu'il avait perdu son amie.
Il avait révélé leur liaison [1] !
Dans sa chambre, il était tout seul,
Plongé dans ses pensées et rongé d'angoisse.
Son amie, il l'appelle sans cesse.
Mais c'est en vain.
Il se plaint et soupire.
De temps à autre, il s'évanouit
Puis il l'implore cent fois de le prendre en pitié
Et de venir parler à son ami.
Son cœur et sa bouche, il les maudit.
C'est merveille qu'il ne se tue pas !
Il peut crier et hurler autant qu'il peut,
Se débattre, se torturer,
Elle ne veut pas lui accorder sa pitié
Ni permettre qu'il la voie.
Hélas ! Comment va-t-il s'en sortir ?
Ceux que le roi a envoyés
Se sont présentés et lui ont déclaré
Qu'il devait venir à la cour sans délai.
Le roi l'avait convoqué par leur intermédiaire.
La reine avait porté des accusations contre lui.
Lanval y va, désespéré.
Il aurait préféré qu'ils le tuent !

Il s'avance devant le roi,
Terriblement anxieux, silencieux, ne disant mot.

---

1. Trahissant ainsi le serment duquel dépendait son union avec la fée venue de l'autre monde.

Tout en lui exprime sa profonde souffrance.
Le roi lui dit avec colère :
« Chevalier, vous m'avez causé beaucoup de tort !
Vous avez lancé une controverse ignoble [1]
Visant à m'humilier, à m'offenser,
Et à injurier la reine !
Vous vous êtes follement vanté :
Elle est extraordinairement noble, votre amie,
Puisque sa femme de chambre est plus belle
Et plus estimable que la reine ! »
Lanval se défend d'avoir voulu le déshonneur
Et la honte de son seigneur.
Il reprend mot à mot ce qu'il a dit :
Il n'a pas sollicité l'amour de la reine [2]
Mais, à propos de ce dont il a parlé,
Il reconnaît la vérité
De cet amour dont il s'est vanté.
Il en souffre profondément : il l'a perdu !
Pour toute cette affaire, il leur dit qu'il fera
Ce que la cour décidera.

Le roi est furieux contre lui.
Il envoie tous ses hommes délibérer
En droit sur ce qu'il convient de faire,
De sorte qu'on ne puisse lui faire aucun reproche.
Ils ont obéi à ses ordres :
Que cela leur plaise ou non,
Ils y sont allés.
Ils ont jugé et pris la décision

---

1. ***Controverse ignoble*** : basse affaire, querelle honteuse (dépourvue de noblesse, donc *ig-noble*).
2. Il s'agit de nouveau de paroles rapportées au discours indirect libre.

Selon laquelle Lanval doit bénéficier d’un jour avant de [comparaître [1],
Mais à condition qu’il fournisse à son seigneur des garants [2],
Assurant qu’il attendra son jugement
Et se représentera devant le roi.
La cour sera renforcée
Car, pour l’heure, elle ne compte personne en dehors de la [maison du roi.
Les barons retournent auprès du roi
Et lui exposent leur décision.
Le roi a demandé des garants.
Lanval était seul et abandonné,
Il n’avait ni parents ni amis.
Gauvain se présente, il se porte garant
Et, à sa suite, tous ses compagnons font de même.
Le roi leur dit : « J’accepte votre engagement
Sur tout ce que vous tenez de moi,
Terres et domaines, chacun individuellement [3]. »
Lanval a obtenu ainsi ses garants, il n’a rien d’autre à faire
Que de retourner à son logis.
Les chevaliers l’ont accompagné.
Ils l’ont sévèrement blâmé et critiqué :
Qu’il cesse donc de se tourmenter à ce point !
Et ils ont maudit un si fol amour.
Chaque jour, ils allaient le voir
Pour savoir
S’il buvait et s’il mangeait.
Ils craignaient vivement qu’il se rende malade.

---

1. ***Comparaître*** : se présenter (pour se défendre).
2. ***Garants*** : personnes qui se portent caution d’une autre personne, qui garantissent que celle-ci tiendra sa promesse.
3. Si Lanval faisait défaut, Gauvain et ses compagnons ne perdraient pas la vie, ils ne subiraient pas non plus la sentence infligée à Lanval : ils risquent de perdre uniquement les terres et les domaines reçus de leur royal suzerain.

Au jour qu'ils avaient fixé,
Les barons se sont réunis.
Le roi et la reine étaient présents,
Et les garants ont remis Lanval à la cour.
Tous étaient malheureux pour lui.
Je crois qu'il y en avait bien cent
Qui auraient fait tout ce qu'ils pouvaient
Pour qu'il soit libéré sans procès,
Car il était accusé bien à tort.
Le roi demande le rappel des faits,
Les positions de l'accusation et de la défense.
Désormais, tout repose sur les barons.
Ils en viennent au jugement.
Ils sont soucieux et perplexes
Au sujet de ce noble homme venu de l'étranger
Qui, parmi eux, se trouve en si mauvaise posture.
La plupart souhaite le charger [1]
Pour répondre à la volonté de leur seigneur.
Le comte de Cornouailles [2] dit alors :
« Jamais aucun d'entre nous ne manquera à son devoir.
Qu'on en pleure ou qu'on en chante,
Le droit doit passer avant tout.
Le roi parle contre son chevalier
Que je vous ai entendu nommer Lanval.
De félonie [3] il l'a accusé
Et lui a reproché
Un amour dont il s'est vanté.
Et ma dame en a été irritée.
Personne d'autre ne l'accuse que le roi.

---

1. ***Le charger*** : l'accuser, l'attaquer.

2. ***Cornouailles*** : région située au sud de la Grande-Bretagne, associée aux légendes arthuriennes.

3. ***Félonie*** : trahison, déloyauté.

Au nom de la loyauté que je vous dois,
Si on veut bien dire la vérité,
Aucun autre argument ne peut être avancé par la défense
Sinon qu'à son seigneur
Un vassal [1] doit partout faire honneur.
Par serment, Lanval s'y engagera,
Et le roi s'en remettra à nous pour le reste.
Si Lanval peut présenter son garant,
S'il peut faire venir son amie
Et si sont vraies les paroles qu'il a tenues,
Dont la reine a été tellement blessée,
Alors il obtiendra son pardon,
Puisque ce n'était pas pour insulter la reine qu'il a ainsi parlé.
Mais s'il ne peut pas présenter son garant,
Nous avons le devoir de lui faire savoir
Qu'il perd le service du roi
Et que celui-ci doit le bannir loin de lui. »

Ils ont envoyé des messagers au chevalier
Qui lui ont dit et demandé
De faire venir son amie
Pour soutenir sa défense et lui servir de garant.
Il leur répond qu'il ne peut pas.
Jamais il n'obtiendra de secours de sa part.
Les chevaliers retournent auprès des juges.
Ils n'ont aucun secours à espérer pour Lanval.
Le roi les harcelait pour qu'ils se dépêchent,
Car la reine attendait.

Juste au moment où les juges devaient trancher,
Ils ont vu arriver deux jeunes filles

1. ***Vassal*** : voir note 3, p. 49.

Sur deux beaux chevaux de parade allant l'amble [1].
Comme elles étaient gracieuses !
Elles étaient vêtues d'un précieux taffetas [2] de soie
À même leur peau nue.
Les hommes les regardaient avec plaisir.
Gauvain, accompagné de trois chevaliers,
Est allé trouver Lanval, lui a dit ce qui se passait
Et lui a montré les deux jeunes filles.
Qu'il est heureux ! Lanval le prie avec insistance
De lui dire si c'est son amie.
Gauvain répond qu'il ne sait pas qui elles sont,
D'où elles viennent ni où elles vont.
Et elles, elles s'avancent
Toujours à cheval. C'est dans cet équipage
Qu'elles mettent pied à terre devant la table
Où est assis le roi Arthur.
Elles sont d'une beauté admirable
Et s'adressent au roi avec courtoisie :
« Roi, fais préparer tes appartements
Et fais-les tendre de rideaux de soie
Pour que ma dame puisse y descendre.
Elle souhaite y loger en votre compagnie. »
Il accepte bien volontiers
Et appelle deux chevaliers
Qui les font monter dans leurs appartements.
Pour l'instant, elles n'ont rien de plus à dire.

Le roi demande à ses barons
Leur verdict et les arguments de la défense,
Et il dit qu'ils l'ont vivement irrité
D'avoir tant retardé l'issue du procès.

---

1. ***Amble*** : allure d'un cheval, entre le pas et le trot.
2. ***Taffetas*** : tissu de soie.

« Sire, font-ils, nous nous sommes séparés
À cause des dames que nous avons vues
Et nous n'avons pas poursuivi notre examen des faits.
Nous allons maintenant reprendre le procès. »
Ils se réunissent de nouveau, fort embarrassés,
Dans le vacarme et le bruit des débats.
Au milieu de cette agitation,
Ils voient venir, descendant la rue,
Deux jeunes filles en noble équipage,
Vêtues de manteaux de soie neufs,
Montées sur deux mules d'Espagne.
Les chevaliers en ressentent une immense joie.
Ils se disent qu'à présent est sauvé
Lanval, le vaillant, l'audacieux.
Yvain se rend auprès de lui,
Amenant ses compagnons.
« Sire, dit-il, reprenez courage !
Pour l'amour de Dieu, dites quelque chose !
Voici venir deux demoiselles,
Très élégantes et très belles.
C'est votre amie, sûrement ! »
Lanval répond aussitôt
Qu'il ne les reconnaît pas,
Qu'il ne les a jamais connues ni aimées.
Entre-temps, elles sont arrivées
Et, devant le roi, ont mis pied à terre.
Nombreux sont ceux qui font l'éloge
De leur corps, de leur visage et de leur teint.
Jamais la reine n'a eu la beauté
De l'une de ces jeunes filles.
La plus âgée des deux était distinguée et instruite.
Avec grâce, elle a délivré son message :
« Roi, dépêche-toi de nous donner des appartements
Pour y loger ma dame.

Elle vient te parler. »
Il ordonne qu'on les conduise
Où se trouvent celles qui sont précédemment arrivées.
Elles n'ont aucun ordre à donner pour leurs mules !

Quand le roi s'est occupé d'elles,
Il convoque tous ses barons
Pour qu'ils prononcent le jugement.
Il a trop longtemps été retardé.
La reine s'irrite,
Car elle attend depuis trop longtemps.
Ils allaient trancher la cause
Quand, traversant la ville, est arrivée,
Montée sur son cheval, une jeune femme.
Dans le monde entier, il n'y en avait pas de plus belle !
Elle chevauchait un cheval de parade tout blanc [1]
Qui la portait dignement et délicatement.
Superbes étaient son encolure [2] et sa tête
Sous le ciel, il n'y avait plus belle bête.
Le cheval avait un équipement somptueux :
Sous le ciel, aucun comte, aucun roi
N'aurait pu se l'offrir
Sans vendre ses domaines ou les mettre en gage.
Quant à elle, elle était vêtue
D'une tunique blanche et d'une chemise
Qui découvraient ses flancs
Et étaient lacées [3] des deux côtés.
Son corps était gracieux, les hanches basses,
Le cou plus blanc que neige sur branche,

1. Le blanc est la couleur des animaux qui conduisent les humains vers l'autre monde.
2. ***Son encolure*** : son cou.
3. ***Lacées*** : voir note 4, p. 63.

Elle avait les yeux brillants et le visage clair,
La bouche très belle, le nez bien planté,
Les sourcils bruns, le front remarquable,
Les cheveux bouclés et très blonds [1].
Un fil d'or ne jette pas autant d'éclat
Que ses cheveux dans la lumière du jour.
Son manteau était de soie sombre.
Elle en avait relevé les pans autour d'elle.
Sur son poing, elle tenait un épervier [2]
Et un lévrier la suivait.
Il n'y avait dans la ville personne, petits ou grands,
Vieillards ou enfants,
Qui n'aillent l'admirer
Au fur et à mesure qu'ils la voyaient avancer.
Sa beauté était loin d'être une plaisanterie !
Elle marchait d'un pas lent [3].
Les juges, en la voyant,
Étaient saisis d'admiration.
Il n'y en a pas un seul qui, en la regardant,
Ne sente une profonde joie le réchauffer.
Les chevaliers qui ont de l'affection pour Lanval
Viennent le trouver. Ils lui ont fait le récit
De l'arrivée de la jeune femme
Qui, s'il plaît à Dieu, le libérerait.
« Sire compagnon, voici venir une femme
Qui n'est ni rousse ni brune :
C'est la plus belle du monde,

---

1. Les vers 563 à 570 énoncent les canons de la beauté féminine à l'époque médiévale, qui est plutôt de type nordique que méridional.
2. ***Épervier*** : rapace de petite taille, traditionnellement lié à l'apparition de la fée.
3. Ainsi peut-elle faire admirer sa beauté, enjeu de la sentence qui menace Lanval.

La plus belle de toutes les femmes qui existent ! »
Lanval entend ces propos, il lève la tête,
Il la reconnaît aisément et pousse un soupir.
Le sang lui monte au visage.
Il s'empresse alors de dire :
« Ma foi, dit-il, c'est mon amie !
Peu m'importe qu'on me donne la mort
Si elle n'a pas pitié de moi.
Je suis sauvé puisque je la vois ! »

La jeune fille pénètre dans la grand-salle du palais.
Jamais n'y est entrée une femme si belle !
Elle met pied à terre devant le roi
De sorte qu'elle est bien vue de tous.
Elle laisse glisser son manteau à terre
Afin qu'on puisse encore mieux la voir.
Le roi, qui avait de nobles manières,
S'est levé à sa rencontre.
Tous les autres lui font honneur
Et se pressent à son service.
Quand ils l'ont bien observée
Et ont abondamment loué sa beauté,
Elle dit, comme quelqu'un
Qui n'a pas envie de s'attarder :
« Roi, j'ai aimé l'un de tes chevaliers.
Le voici, c'est Lanval !
Il a été accusé devant ta cour.
Je ne veux pas qu'il ait à souffrir
De ce qu'il a dit. Sache-le :
C'est la reine qui a eu tort.
Jamais, à aucun moment, il n'a sollicité son amour.
Quant à la vantardise dont il a fait preuve,
Si par ma présence il peut être acquitté,
Que par vos barons il soit libéré. »

Tout ce qu'ils vont juger selon le droit,
Le roi l'accepte. Qu'il en soit ainsi.
Il n'y pas un seul baron qui ne juge
Que Lanval est parfaitement innocenté.
Il est libéré par leur décision.
Et la jeune femme part
Sans que le roi puisse la retenir.
Il y a beaucoup de monde pour la servir.

À la sortie de la grand-salle, on avait installé
Une grande pierre de marbre gris
Grâce à laquelle se mettaient en selle les hommes lourdement
équipés
Quand ils quittaient la cour du roi.
Lanval est monté sur la pierre
Et, quand la jeune femme franchit la porte,
Sur son cheval de parade, derrière elle,
D'un vif élan Lanval a bondi !
Il part avec elle en Avalon [1],
– C'est ce que nous racontent les Bretons [2] –
Dans une île de toute beauté.
C'est là qu'est emporté le jeune homme.
Personne n'en a plus entendu parler
Et, moi, je ne sais rien raconter de plus.

1. L'île d'***Avalon*** ou d'Avallon (en gallois « l'île des Pommes ») est, dans la littérature arthurienne, une sorte de paradis terrestre. Elle est le lieu merveilleux où a été forgée Excalibur, l'épée royale. C'est également l'île où vit la fée Morgane, sœur d'Arthur et tante de la fée Mélusine.

2. Marie de France revendique ici, comme dans beaucoup d'autre lais, les légendes orales bretonnes dont s'inspirent ses récits.

LE CHÈVREFEUILLE

C'est mon plus grand plaisir, et j'ai le vif désir
De vous raconter la vraie histoire
Du lai que l'on nomme *Chèvrefeuille*,
De vous dire pourquoi et comment il a été composé et d'où [il vient.

Plusieurs me l'ont raconté et l'ont récité [1],
Et j'ai moi-même mis en écrit [2]
Ce récit sur Tristan et la reine,
Sur leur amour qui fut si pur,
Dont ils éprouvèrent de cruels tourments
Et dont ils moururent le même jour [3].
Le roi Marc, très en colère
Contre Tristan, son neveu, était furieux.
De son royaume, il l'avait banni
À cause de son amour pour la reine.
Tristan est retourné dans son pays,
Le sud du pays de Galles, là où il était né.
Il y est resté une année tout entière,
Sans jamais pouvoir revenir.
Ensuite il s'est exposé

---

1. La lecture individuelle n'existait quasiment pas à cette époque (en dehors des milieux cléricaux). Les récits étaient le plus souvent transmis oralement, par la récitation et par le chant.

2. La mise en écrit, que revendique ici Marie de France, fait écho à l'idée centrale du « Prologue », celle du passage déterminant de l'oral à l'écrit.

3. Il n'existe pas de récit médiéval racontant l'histoire de Tristan et Iseut du début à la fin. On peut lire, dans de multiples œuvres, parfois dans un état très fragmentaire, écrites en français ou en allemand, en italien ou en norrois (langue scandinave médiévale), des épisodes divers qui, comme les éléments d'une mosaïque, comblent les trous d'une histoire que l'on ne peut que reconstituer.

À la mort et à l'anéantissement.
Ne soyez pas étonnés,
Car qui aime avec loyauté
Est profondément tourmenté et mélancolique
Quand il ne satisfait pas ses désirs.
Tristan est tourmenté et mélancolique.
C'est la raison pour laquelle il quitte son pays.
Il se rend tout droit en Cornouailles [1],
Là où la reine séjourne.
Tout seul dans la forêt, il a vécu,
Ne souhaitant pas que quelqu'un le voie.
Il en sortait à la tombée du jour
Quand le moment venait de trouver un gîte.
Chez des paysans, chez de pauvres gens
Il trouvait à s'héberger pendant la nuit.
Il leur demandait des nouvelles
Du roi. Que devenait-il ?
Ils lui répondirent qu'ils avaient appris
Que les barons étaient convoqués :
Ils devaient se rassembler à Tintagel [2],
Le roi souhaitait y tenir sa cour,
Ils y seraient tous à la Pentecôte
Pour partager ravissements et plaisirs,
Et la reine s'y trouverait.
Tristan a entendu ces propos, il s'en réjouit.
Elle ne pourra s'y rendre
Sans qu'il la voie passer !

Le jour où le roi se met en route,
Tristan est revenu dans la forêt.
Sur le chemin où il sait

1. ***Cornouailles*** : voir note 2, p. 77.
2. ***Tintagel*** : lieu en Cornouailles, où se trouve un château médiéval.

Que le cortège doit passer,
Il coupe une branche de coudrier [1] en son milieu
Et l'équarrit en la taillant [2].
Quand il a mis à nu le bois,
Avec son couteau, il y a gravé son nom.
Si la reine le remarque,
Elle qui était très attentive à ces choses
– une fois déjà, il était arrivé
Qu'elle découvre ainsi sa présence –,
Elle reconnaîtra facilement le bâton
De son amant dès qu'elle le verra.
Voici, en un mot, tout ce qui était écrit [3].

Il lui avait, en effet, envoyé et dit auparavant
Qu'il était resté longtemps dans cet endroit
Il avait attendu et vécu là
Pour guetter son passage et chercher à savoir
Comment il pourrait la voir
Car il ne pouvait vivre sans elle.
Il en était d'eux
Comme du chèvrefeuille
Qui s'attache au coudrier [4] :
Une fois qu'il s'y est lacé et attaché
Et qu'il s'est noué autour du tronc,
Ensemble, ils peuvent parfaitement vivre longtemps.
Mais si on veut les séparer,

---

1. ***Coudrier*** : arbre de la même famille que le noisetier, qui a une connotation magique (les baguettes des sourciers – personnes capables de trouver des sources et des trésors cachés – sont en bois de coudrier).
2. ***L'équarrit en la taillant*** : la taille pour lui donner une forme régulière.
3. Le nom de Tristan serait le seul message gravé sur le bâton. Tout ce qui suit, des vers 62 à 78, évoque un message qui a été précédemment envoyé.
4. Le ***chèvrefeuille***, plante odorante, s'enroule autour des troncs et des arbrisseaux.

Le coudrier meurt instantanément
Et le chèvrefeuille également.
« Belle amie, ainsi en est-il de nous :
Ni vous sans moi, ni moi sans vous. » chiasme

La reine avance sur son cheval.
Elle suit du regard un talus
Et voit le bâton. Elle l'a bien remarqué !
Elle en déchiffre toutes les lettres [1].
Aux chevaliers qui l'escortaient
Et faisaient route avec elle,
Elle ordonne de s'arrêter :
Elle veut descendre de cheval et se reposer.
Ils obéissent à son ordre.
Elle s'éloigne de son escorte,
Et appelle sa servante,
Brangien, qui lui était d'une totale fidélité.
Elle s'écarte un peu du chemin.
Dans la forêt, elle trouve
Celui qu'elle aime plus que tout être vivant.
Tous deux laissent éclater leur grande joie.
Il lui parle tout à loisir
Et elle lui confie tout ce qui lui fait plaisir.
Puis elle lui dit comment
Il pourra se réconcilier avec le roi
Et combien elle avait souffert
Quand ce dernier avait banni Tristan.
Il l'avait fait à la suite d'une accusation.
Alors, elle repart et laisse son bien-aimé.
Mais quand est arrivé l'instant de se séparer,

1. Iseut sait donc lire ! Dans de nombreux récits, le roi Arthur doit demander à un clerc (personne appartenant au monde de l'Église, qui sait lire) de lui déchiffrer les courriers qu'il reçoit.

Ils se sont mis à pleurer.
Tristan retourne au pays de Galles
Jusqu'à ce que son oncle le rappelle.

Pour la joie qu'il avait ressentie
En revoyant sa bien-aimée
Et pour ce qu'il avait écrit,
À la demande de la reine [1],
Afin de garder en mémoire leurs propos,
Tristan, qui savait bien jouer de la harpe [2],
En avait composé un nouveau lai.
D'un mot, je l'intitulerai :
Gotelef, comme le nomment les Anglais,
Chèvrefeuille, comme l'appellent les Français.
Je vous ai dit la vérité
Sur ce lai dont je viens ici de faire le récit.

---

1. Lors de leur brève rencontre, Iseut aurait demandé à Tristan de composer la musique d'un lai célébrant à jamais leurs retrouvailles et leur indestructible amour. On observe la distinction entre, tout d'abord, la composition musicale du lai (par Tristan, en l'occurrence), puis la rédaction écrite de l'histoire (ici, par Marie).
2. Les dons musicaux de Tristan ne sont que l'une des extraordinaires compétences d'un « héros » hors du commun par ses talents physiques et intellectuels.

■ Panneau de coffret en ivoire représentant Tristan et Iseut près de la fontaine (XIVe siècle), Paris, musée du Louvre.

En haut de l'image, le roi Marc espionne les deux amants.

Louise Labé

Œuvres

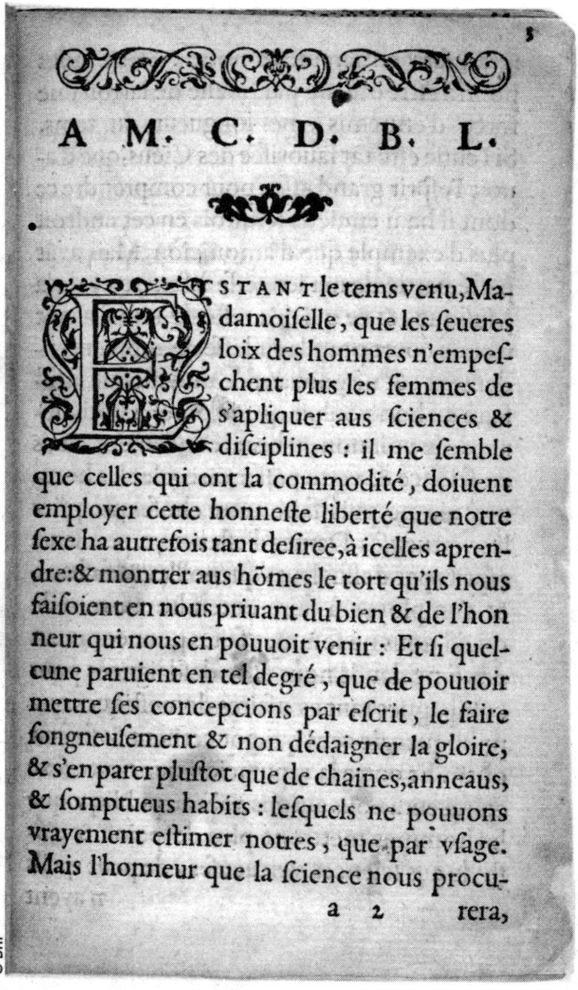
5

A M. C. D. B. L.

Estant le tems venu, Madamoiſelle, que les ſeueres loix des hommes n'empeſchent plus les femmes de s'apliquer aus ſciences & diſciplines : il me ſemble que celles qui ont la commodité, doiuent employer cette honneſte liberté que notre ſexe ha autrefois tant deſiree, à icelles aprendre : & montrer aus hõmes le tort qu'ils nous faiſoient en nous priuant du bien & de l'honneur qui nous en pouuoit venir : Et ſi quelcune paruient en tel degré, que de pouuoir mettre ſes concepcions par eſcrit, le faire ſongneuſement & non dédaigner la gloire, & s'en parer pluſtot que de chaines, anneaus, & ſomptueus habits : leſquels ne pouuons vrayement eſtimer notres, que par vſage. Mais l'honneur que la ſcience nous procu-

a 2 rera,

■ Extrait de l'épître dédicatoire dans l'édition des *Œuvres* de Louise Labé imprimée par Jean de Tournes (1555).

À M. C. D. B. L.[1]

Puisque le temps est venu, Mademoiselle, où les sévères lois des hommes n'empêchent plus les femmes de se consacrer à la connaissance et à l'étude, il me semble que celles qui en ont la capacité doivent employer cette liberté honorable, tant désirée par notre sexe, à les apprendre, et à montrer aux hommes le tort qu'ils nous faisaient en nous privant du bien et de l'honneur que nous pouvions en recevoir. Et si l'une d'entre elles parvient à les exposer par écrit, elle doit le faire avec la plus grande attention ; elle en tirera plus de gloire que de posséder des colliers, des anneaux et de somptueux habits, qui ne nous appartiennent que pour leur utilité. Mais l'honneur que le savoir nous procurera nous reviendra entièrement, et il ne nous pourra être ôté, ni par la ruse d'un voleur, ni par la violence d'un ennemi, ni par le temps qui passe. Si j'avais été favorisée des cieux au point de pouvoir connaître la destinée qu'ils m'ont réservée, alors mon parcours servirait plus d'exemple possible que de modèle à suivre.

Mais j'ai passé une partie de ma jeunesse à pratiquer la musique et, de ce fait, je n'ai pas ensuite disposé du temps suffisant pour cultiver mon esprit. Puisque je ne peux pas à moi seule soutenir notre sexe pour qu'il égale ou dépasse les hommes non seulement en beauté, mais aussi en science et en vertu, je ne peux faire autrement que de prier les vertueuses Dames[2] d'élever un peu leurs esprits par-dessus leurs quenouilles et fuseaux[3].

---

1. ***À M. C. D. B. L.*** : À Mademoiselle Clémence de Bourges, Lyonnaise.

2. ***Les vertueuses Dames*** : les futures lectrices qui prendront exemple sur le projet exposé par Louise Labé et chercheront à s'instruire. Deux passages des élégies qui suivent interpelleront à leur tour les Dames lyonnaises : « Élégie 1 », v. 43-52, et « Élégie 3 », v. 1-8.

3. La ***quenouille*** est un bâton de bois autour duquel on enroule les fibres végétales avant de les filer. Le ***fuseau*** sert à transformer les fibres en fil. Ces deux objets sont souvent symbole de l'asservissement des femmes aux tâches

Qu'elles s'emploient à faire entendre au monde que, si nous ne sommes pas faites pour commander, nous ne devons pas pour autant être dédaignées par ceux qui gouvernent et se font obéir, car ils ne nous reconnaissent pas comme des interlocutrices tant dans les affaires domestiques que publiques. Et au-delà de la réputation que notre sexe en recevra, nous aurons servi l'intérêt commun puisque cela incitera les hommes à se consacrer davantage à l'étude des sciences, par peur de connaître la honte d'être dépassés par celles auxquelles ils se sont toujours prétendus supérieurs.

Pour cette raison, nous devons toutes deux [1] nous impliquer dans une si louable entreprise. Vous ne devez ni détourner ni économiser votre esprit, qui assurément jouit de nombreuses grâces – la jeunesse, les faveurs de votre naissance –, afin d'acquérir cet honneur que les lettres et les sciences ont toujours conféré aux personnes qui s'y consacrent. S'il existe un mérite supérieur à celui de la gloire et de l'honneur, le plaisir procuré par l'étude des lettres doit nous y encourager toutes deux. Ce ne sont pas que de simples divertissements : une fois ceux-ci menés librement à leur terme, on ne peut se vanter d'autre chose que d'avoir passé le temps. Mais le profit de l'étude fait naître un contentement de soi qui est plus durable [2], car le passé nous réjouit, et est plus profitable que le présent.

Au contraire, les plaisirs des sentiments disparaissent aussitôt après, ils ne reviennent jamais, et parfois leur souvenir est aussi

---

domestiques. On remarquera que le mot « quenouille » est à la source d'expressions populaires misogynes comme « tomber en quenouille », qui sous-entendait qu'une maison aux mains d'une femme était menacée de ruine.

1. ***Toutes deux*** : Louise Labé et Clémence de Bourges, la dédicataire.

2. Mme du Châtelet proposera une analyse similaire, trois siècles plus tard, dans son *Discours sur le bonheur* (1746) : elle y affirme que l'activité intellectuelle, notamment scientifique, est pour les femmes la voie privilégiée d'accès à l'épanouissement de leurs facultés et à la reconnaissance (voir Dossier, p. 172).

pénible que leur expérience a été agréable. Ces plaisirs sont ainsi faits que, quel que soit le souvenir qui nous en reste, nous ne pouvons pourtant pas retrouver la disposition dans laquelle nous étions. Et même en faisant un effort d'imagination, nous nous rendons compte que ce n'est qu'une ombre du passé qui nous abuse et nous trompe.

Mais quand nous parvenons à formuler nos idées par écrit, bien que depuis longtemps notre cerveau se soit tourné vers une infinité d'autres affaires qui l'absorbent, et même bien plus tard, nous revenons pourtant grâce à l'écriture au point voulu et à la même disposition que celle où nous étions. Alors notre satisfaction se redouble, car nous retrouvons par l'écriture soit le plaisir d'alors, soit les questions scientifiques auxquelles nous nous consacrions. En outre, le jugement que nous portons *a posteriori* sur ce que nous avons écrit nous donne un singulier contentement. Ces deux bienfaits tirés de l'écriture [1] doivent vous y inciter, étant assurée que le premier ne manquera pas d'accompagner vos écrits, comme il le fait pour tous vos autres actes et vos comportements. Il vous appartiendra de retrouver le second ou non : pour ainsi dire, il vous contentera autant que vos futurs écrits.

Quant à moi, aussi bien en me lançant autrefois dans la rédaction de ces frivolités de jeunesse qu'en les revoyant depuis, je ne cherchais pas autre chose qu'un passe-temps honnête et qu'un moyen de fuir l'oisiveté [2]. Je n'avais aucunement l'intention que quiconque pût les parcourir un jour. Mais depuis que

---

1. Louise Labé explique que le plaisir procuré par l'activité littéraire (écriture et lecture) varie au cours du temps : il n'est pas le même au moment de la rédaction et au moment d'une relecture ultérieure. Ces deux plaisirs, bien que différents, sont tout aussi précieux aux yeux de la poétesse. C'est ce qu'elle souhaite à Clémence de Bourges dans la phrase suivante : elle pourra se contenter d'écrire et décider librement de relire ou non sa production.

2. ***Oisiveté*** : inaction, paresse. Le terme est plutôt péjoratif, mais, à la Renaissance, il renvoie aussi à une activité agréable, qui détourne des

quelques-uns de mes amis ont trouvé moyen de les lire sans m'en avertir, et que, puisque nous croyons facilement ceux qui nous font des compliments, ils m'ont persuadée de les publier, je n'ai pas osé m'y opposer. Toutefois, je les ai prévenus qu'ils porteraient la responsabilité de la moitié de la honte qui pourrait en découler. Et parce que les femmes ne s'exposent pas volontiers seules en public, je vous ai choisie pour me servir de guide, vous dédiant ce petit ouvrage que je ne vous envoie que pour vous assurer de la bienveillance que je vous porte depuis longtemps. Je souhaite aussi vous inciter et vous donner l'envie, en voyant mon livre grossier et imparfait, d'en publier un autre qui soit plus raffiné et plus agréable que le mien.

Dieu vous maintienne en santé.
De Lyon ce 24 juillet 1555
Votre humble amie,
Louise Labé.

---

occupations quotidiennes. Pour les humanistes, l'oisiveté renvoie aux activités amoureuses, intellectuelles et créatives dans lesquelles l'individu permet à toutes ses facultés de s'épanouir. Le point de vue féminin insiste ici sur l'écart entre les deux sexes sur cette question.

DU MANUSCRIT À L'IMPRIMÉ

Les supports de l'écrit ont connu une évolution millénaire : tablettes d'argile, rouleaux, livres manuscrits puis imprimés, jusqu'aux livres numériques d'aujourd'hui ! À l'époque de Marie de France, les livres n'étaient pas imprimés mais copiés à la main et parfois illustrés avec beaucoup de raffinement, ce qui en faisait des pièces uniques et de grande valeur. Quant aux *Œuvres* de Louise Labé, elles furent publiées par un imprimeur lyonnais qui les reproduisait de manière artisanale selon la technique inventée par Gutenberg un siècle plus tôt (voir p. II).

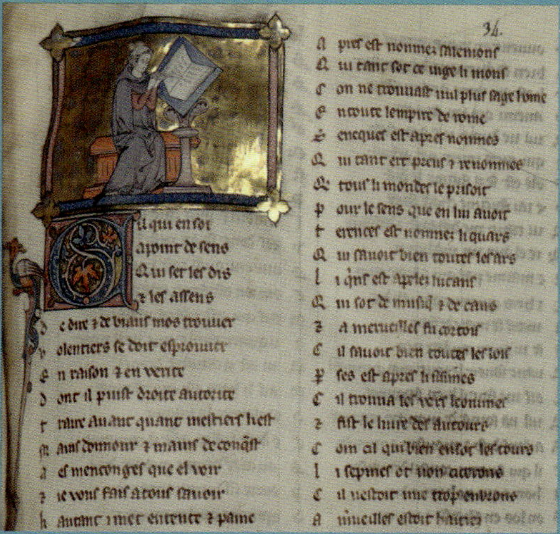

Enluminure et texte des *Fables* de Marie de France, issus d'un manuscrit datant de la fin du XIIIe siècle (manuscrit BNF Arsenal 3142).

Enluminure issue de *La Cité des Dames* de Christine de Pizan (1413-1414).

Les vertus Prudence, Justice et Rectitude insufflent à Christine de Pizan l'idée d'écrire *La Cité des Dames* (voir Dossier, p. 168).

Enluminure issue des *Chroniques de Hainaut* de Jacques de Guise (seconde moitié du XVe siècle).
On voit représenté ici un atelier de copie au Moyen Âge. Le copiste à gauche tient dans sa main gauche un « canivet », outil répondant à différentes fonctions : il pouvait être employé pour tailler la plume (de là vient le mot « canif » en français moderne), pour appuyer sur le support (ici le texte relié à copier) sans y poser la main, ou pour racler le parchemin s'il était irrégulier. La copie est sur la feuille placée à droite ; elle est réalisée au moyen d'une plume ou d'un roseau taillé appelé « calame ».

***Impressio Librorum* : *imprimeurs et imprimerie typographique, avec presse à bras etc.*, estampe issue du *Recueil sur les métiers* de Jan Van der Straet (seconde moitié du XVIe siècle).**
L'atelier d'imprimerie est l'une des premières formes de production industrielle. Elle suppose une organisation stricte du travail (partage des tâches, emploi d'outils sophistiqués). Au premier plan (à gauche), le typographe place des caractères de plomb sur la casse, qui seront enduits d'encre avant que l'ensemble soit pressé sur le papier (à droite).

ÉLANS ET RÉSISTANCES DANS LA REVENDICATION FÉMINISTE

Le mouvement en faveur de la reconnaissance des droits des femmes a été la source d'abondantes productions littéraires, artistiques, journalistiques, politiques. Elles ont souvent donné lieu à des prises de position passionnées, suscitant des polémiques très vives, entre éloges enflammés et satires acides.

Jean-Baptiste Lesueur, *Club patriotique de femmes* (fin du XVIIIe siècle). Pendant la Révolution française, des clubs féminins se réunissaient pour commenter l'actualité et rassembler des fonds pour soutenir les révolutionnaires dans le besoin. Au centre de l'image figure un plat dans lequel les femmes déposent leur contribution.

Henri-Gérard Fontallard, *Congrès masculino-fœmino-littéraire* (15 octobre 1839). Les ambitions des femmes ont été la cible d'une violente satire, comme ici au XIXe siècle. On reprochait aux femmes de lettres, surnommées les « bas-bleus », de délaisser les tâches domestiques, traditionnellement dévolues aux femmes, et de se comporter comme des hommes.

Planche issue de la série *Les Bas-bleus* d'Honoré Daumier (1844).

La légende qui accompagne cette image est la suivante : « Adieu, mon cher, je vais chez mes éditeurs… Je ne rentrerai probablement que fort tard… Ne manquez pas de donner encore deux fois la bouillie à Dodore… S'il a besoin… d'autre chose… vous trouverez ça sous le lit… »

Fronton du Panthéon à Paris à l'occasion d'une exposition sur les « grandes femmes » de France en mars 2002.

Le Panthéon de Paris est un lieu d'inhumation symbolique représentant l'hommage de l'État français à des personnalités qui ont marqué son histoire. Sur ce cliché du fronton pris en mars 2002, on lit la devise « Aux grands hommes la patrie reconnaissante » accompagnée, en-dessous, d'une devise alternative, « Aux grandes femmes la patrie reconnaissante », et des portraits de Charlotte Delbo, Solitude, Marie Curie, Olympe de Gouges, Simone de Beauvoir (en haut), ainsi que de Colette, Maria Deraismes, George Sand, Louise Michel (en bas). Aujourd'hui, cinq femmes figurent parmi les soixante-et-onze « grands hommes » inhumés : Sophie Berthelot, Marie Curie, Germaine Tillion, Geneviève De Gaulle-Anthonioz, Simone Veil.

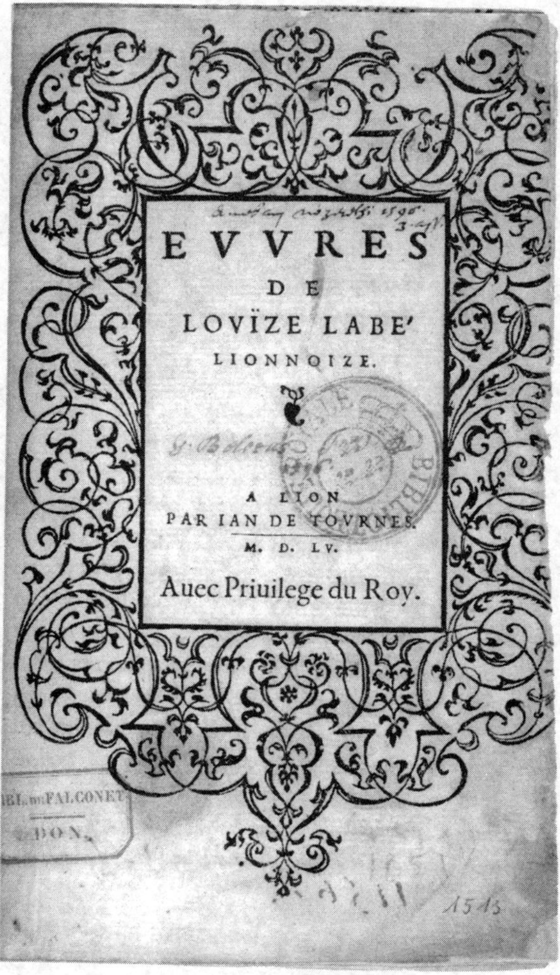

■ Frontispice de l'édition des *Œuvres* de Louise Labé imprimée par Jean de Tournes (1555).

ÉLÉGIES

ELEGIES.

ELEGIE I.

Au tems qu'Amour, d'hommes & Dieus Vainqueur,
Faiſoit bruler de ſa flamme mon cœur,
En embraſſant de ſa cruelle rage
Mon ſang, mes os, mon eſprit & courage:
Encore lors ie n'auois la puiſſance
De lamenter ma peine & ma ſouffrance.
Encor Phebus, ami des Lauriers Vers,
N'auoit permis que ie fiſſe des Vers:
Mais meintenant que ſa fureur diuine
Remplit d'ardeur ma hardie poitrine,
Chanter me fait, non les bruians tonnerres
De Iupiter, ou les cruelles guerres,
Dont trouble Mars, quand il veut, l'Vniuers.
Il m'a donné la lyre, qui les vers
Souloit chanter de l'Amour Lesbienne:
Et à ce coup pleurera de la mienne.
O dous archet, adouci moy la voix.
Qui pourroit fendre & aigrir quelquefois,
En recitant tant d'ennuis & douleurs,
Tant de deſpits fortunes & malheurs.
Trempe l'ardeur, dont iadis mon cœur tendre
Fut en brulant demi reduit en cendre.

Ie ſen

■ Extrait de la première élégie dans l'édition des *Œuvres* de Louise Labé imprimée par Jean de Tournes (1555).

ÉLÉGIE 1

Au temps qu'Amour [1], d'hommes et dieux vainqueur,
Faisait brûler de sa flamme mon cœur,
En embrasant de sa cruelle rage
Mon sang, mes os, mon esprit et courage,
Encore lors [2] je n'avais la puissance
De lamenter [3] ma peine et ma souffrance.
Encor [4] Phébus [5], ami des lauriers [6] verts,
N'avait permis que je fisse des vers [7] ;
Mais maintenant que sa fureur divine
Remplit d'ardeur mon hardie poitrine,
Chanter me fait [8], non les bruyants tonnerres
De Jupiter [9], ou les cruelles guerres,
Dont trouble Mars [10], quand il veut, l'Univers.
Il m'a donné la lyre qui les vers

---

1. *Amour* : lorsqu'il est employé avec une majuscule, le mot Amour désigne le dieu de l'amour (Cupidon dans la mythologie latine ou Éros dans la mythologie grecque).

2. *Encore lors* : à cette époque.

3. *Lamenter* : se plaindre, exprimer par les pleurs.

4. *Encor* : la suppression du *-e* final se justifie par la nécessité de ne pas ajouter une syllabe au vers lors de la lecture, afin de préserver le décasyllabe. Dans la suite du texte, cette variation se retrouve pour donc/doncques, avec/avecques, or/ore, onc/oncques.

5. *Phébus* : autre dénomination d'Apollon, dieu du soleil et de la poésie.

6. Le ***laurier*** est la plante emblématique d'Apollon.

7. Le début du poème évoque la période de l'existence où le *je* poétique ne savait pas encore comment exprimer la douleur de l'Amour, avant qu'Apollon lui donne les moyens d'écrire.

8. *Chanter me fait* : il me fait chanter.

9. *Jupiter* : maître de l'Olympe, roi des dieux et détenteur de la foudre.

10. *Mars* : dieu de la guerre.

Soulait chanter de [1] l'Amour lesbienne [2],
Et à ce coup pleurera de la mienne [3].
Ô doux archet, adoucis-moi la voix
Qui pourrait fendre et aigrir [4] quelquefois,
En récitant tant d'ennuis et douleurs,
Tant de dépits, fortunes, et malheurs.
Trempe l'ardeur, dont jadis mon cœur tendre
Fut en brûlant demi réduit en cendre.
Je sens déjà un piteux [5] souvenir,
Qui me contraint la larme à l'œil venir.
Il m'est avis que je sens les alarmes
Que premiers j'eus d'Amour [6], je vois les armes,
Dont il s'arma en venant m'assaillir.
C'étaient mes yeux dont tant faisais saillir
De traits [7] à ceux qui trop me regardaient,
Et de mon arc assez ne se gardaient.
Mais ces miens traits ces miens yeux me défirent [8],
Et de vengeance être exemple me firent.

---

1. ***Soulait chanter de*** : avait l'habitude de chanter.
2. ***Amour lesbienne*** : Sapphô, poétesse ayant vécu sur l'île grecque de Lesbos aux VIIe et VIe siècles av. J.-C. (ce vers la présente comme une déesse qui serait l'équivalent féminin du dieu Amour). Voir aussi l'extrait dans le Dossier, p. 161.
3. ***Et à ce coup pleurera de la mienne*** : mes poèmes consacrés à la peine amoureuse feront pleurer Phébus comme il a pleuré pour ceux de Sapphô.
4. ***Fendre et aigrir*** : se briser en deux et s'envenimer. « Aigrir » s'oppose à « adoucir » au vers précédent.
5. ***Piteux*** : douloureux, qui suscite la pitié.
6. ***Les alarmes/ Que premiers j'eus d'Amour*** : les premiers signes annonçant la passion amoureuse. « Premiers » est un adverbe.
7. ***Traits*** : flèches lancées par un arc. Il s'agit d'une métaphore des regards hostiles lancés par le *je* lyrique aux prétendants. Le sujet du verbe « faisais » au vers précédent est le pronom « je », non exprimé.
8. ***Ces miens traits ces miens yeux me défirent*** : ces flèches qui étaient miennes se retournèrent contre moi.

Et me moquant, et voyant l'un aimer,
L'autre brûler et d'Amour consumer,
En voyant tant de larmes épandues,
Tant de soupirs et prières perdues,
Je n'aperçus [1] que soudain me vint prendre
Le même mal que je soulais reprendre
Qui me perça [2] d'une telle furie
Qu'encor n'en suis [3] après long temps guérie ;
Et maintenant me suis encor contrainte
De rafraîchir [4] d'une nouvelle plainte
Mes maux passés. Dames qui les lirez,
De mes regrets avec moi soupirez.
Possible, un jour je ferai le semblable [5],
Et aiderai votre voix pitoyable [6]
À vos travaux [7] et peines raconter,
Au temps perdu vainement lamenter.
Quelque rigueur qui loge en votre cœur [8],
Amour s'en peut un jour rendre vainqueur.
Et plus aurez lui été ennemies,
Pis vous fera [9], vous sentant asservies.
N'estimez point que l'on doive blâmer
Celles qu'a fait Cupidon enflammer.
Autres que nous, nonobstant leur hautesse [10],

---

1. ***Je n'aperçus*** : je ne m'aperçus pas.
2. ***Me perça*** : me blessa, me transperça.
3. ***N'en suis*** : je n'en suis pas. Il est fréquent, dans les textes poétiques de la Renaissance, de ne pas faire apparaître le pronom sujet.
4. ***Rafraîchir*** : soigner, réparer.
5. ***Je ferai le semblable*** : je serai à votre place, je vous rendrai la pareille.
6. ***Pitoyable*** : qui exprime et éveille la pitié.
7. ***Travaux*** : souffrances, tourments.
8. ***Quelque rigueur qui loge en votre cœur*** : même si vous vous protégez de l'amour.
9. ***Pis vous fera*** : pire encore il sera.
10. ***Nonobstant leur hautesse*** : en dépit de leur grandeur morale.

Ont enduré l'amoureuse rudesse ;
Leur cœur hautain, leur beauté, leur lignage[1],
Ne les ont su préserver du servage[2]
De dur Amour ; les plus nobles esprits
En sont plus fort et plus soudain épris.
Sémiramis[3], reine tant renommée,
Qui mit en route avecques son armée
Les noirs squadrons[4] des Éthiopiens,
Et en montrant louable exemple aux siens
Faisait couler de son furieux branc[5]
Des ennemis les plus braves le sang,
Ayant encor envie de conquerre[6]
Tous ses voisins ou leur mener la guerre,
Trouva[7] Amour, qui si fort la pressa,
Qu'armes et lois vaincue elle laissa[8].
Ne méritait sa Royale grandeur
Au moins avoir un moins fâcheux malheur
Qu'aimer son fils[9] ? Reine de Babylone,
Où est ton cœur qui ès combats[10] résonne ?
Qu'est devenu ce fer[11] et cet écu,
Dont tu rendais le plus brave vaincu ?

---

1. ***Lignage*** : voir note 1, p. 59.
2. ***Servage*** : asservissement, soumission.
3. ***Sémiramis*** : reine légendaire de Babylone (cité antique de Mésopotamie).
4. ***Squadrons*** : unités militaires.
5. ***Branc*** : épée.
6. ***Conquerre*** : conquérir.
7. Le sujet de « trouva » est Sémiramis, v. 61.
8. Allusion à l'amour que conçut Sémiramis pour son fils. Malgré le caractère incestueux de cette liaison qui l'horrifia, elle dut se soumettre à la loi du dieu Amour.
9. ***Au moins avoir un moins fâcheux malheur/ Qu'aimer son fils ?*** : ne méritait-elle pas un malheur moins terrible que celui d'aimer son fils ?
10. ***Ès combats*** : dans les combats.
11. ***Ce fer*** : cette arme, cette épée.

Où as-tu mis la martiale [1] crête,
Qui obombrait [2] le blond or de ta tête ?
Où est l'épée, où est cette cuirasse,
Dont tu rompais des ennemis l'audace ?
Où sont fuis [3] tes coursiers furieux,
Lesquels traînaient ton char victorieux ?
T'a pu si tôt un faible ennemi rompre [4] ?
A pu si tôt ton cœur viril corrompre,
Que le plaisir d'armes plus ne te touche,
Mais seulement languis en une couche [5] ?
Tu as laissé les aigreurs martiales
Pour recouvrer les douceurs géniales [6].
Ainsi Amour de toi t'a étrangée [7]
Qu'on te dirait en une autre changée.
Doncques celui lequel d'amour éprise
Plaindre me voit, que point il ne méprise
Mon triste deuil [8] : Amour, peut-être, en brief [9]
En son endroit n'apparaîtra moins grief [10].

---

1. ***Martiale*** : qui évoque Mars, dieu de la guerre.
2. ***Obombrait*** : voilait, faisait de l'ombre à.
3. ***Où sont fuis ?*** : où se sont enfuis ?
4. ***T'a pu si tôt un faible ennemi rompre ?*** : un si faible ennemi a-t-il pu te vaincre si rapidement ?
5. ***Mais seulement languis en une couche*** : et te laisse étendue sans force dans ton lit.
6. ***Pour recouvrer les douceurs géniales*** : pour redécouvrir les douceurs de la volupté.
7. ***De toi t'a étrangée*** : t'a rendue étrangère à toi-même.
8. ***Deuil*** : douleur, abattement. Dans cette phrase, il faut comprendre : « Que celui qui me voit me plaindre, éprise d'amour, ne méprise pas mon abattement ».
9. ***En brief*** : en peu de temps.
10. ***N'apparaîtra moins grief*** : n'apparaîtra pas moins grave. Pour cette rime, ***brief*** et ***grief*** doivent être prononcés avec synérèse, en une seule syllabe, pour préserver la prosodie.

Telle j'ai vu qui avait en jeunesse
Blâmé Amour [1] : après en sa vieillesse
Brûler d'ardeur, et plaindre tendrement
L'âpre rigueur de son tardif tourment.
Alors de fard et eau continuelle [2]
Elle essayait se faire venir belle
Voulant chasser le ridé labourage
Que l'âge avait gravé sur son visage.
Sur son chef [3] gris elle avait emprunté
Quelque perruque et assez mal antée [4] ;
Et plus était à son gré [5] bien fardée,
De son Ami moins était regardée,
Lequel ailleurs fuyant n'en tenait compte,
Tant lui semblait laide, et avait grand' honte
D'être aimé d'elle. Ainsi la pauvre vieille
Recevait bien pareille pour pareille.
De maints en vain un temps fut réclamée [6],
Ores [7] qu'elle aime, elle n'est point aimée.
Ainsi Amour prend son plaisir à faire
Que le veuil [8] d'un soit à l'autre contraire.
Tel n'aime point qu'une dame aimera [9],

---

1. ***Telle j'ai vu qui avait en jeunesse/ Blâmé Amour*** : j'ai rencontré une femme qui s'est plainte d'Amour quand elle était jeune.
2. ***Eau continuelle*** : parfum.
3. ***Son chef*** : sa tête.
4. ***Assez mal antée*** : qu'elle portait de manière maladroite.
5. ***À son gré*** : à ses yeux, à ce qu'il lui semblait.
6. ***De maints en vain un temps fut réclamée*** : elle fut courtisée autrefois par de nombreux hommes, sans succès.
7. ***Ores*** : maintenant.
8. ***Le veuil*** : la volonté.
9. ***Tel n'aime point qu'une dame aimera*** : l'un n'est pas amoureux alors qu'une dame sera amoureuse de lui.

Tel aime aussi qui aimé ne sera,
Et entretient, néanmoins, sa puissance
Et sa rigueur d'une vaine espérance.

ÉLÉGIE 2

D'un tel vouloir le serf point ne désire
La liberté, ou son port le navire,
Comme j'attends, hélas, de jour en jour
De toi, Ami, le gracieux retour[1].
Là j'avais mis le but de ma douleur
Qui finirait quand j'aurais ce bonheur
De te revoir ; mais de la longue attente,
Hélas, en vain mon désir se lamente[2].
Cruel, cruel, qui te faisait promettre
Ton bref[3] retour en ta première lettre ?
As-tu si peu de mémoire de moi,
Que de m'avoir si tôt rompu la foi[4] ?
Comme[5] oses-tu ainsi abuser celle
Qui de tout temps t'a été si fidèle ?
Or' que[6] tu es auprès de ce rivage
Du Pô cornu[7], peut-être ton courage
S'est embrasé d'une nouvelle flamme,
En me changeant pour prendre une autre Dame ;
Jà[8] en oubli inconstamment est mise[9]
La loyauté que tu m'avais promise.

---

1. ***D'un tel vouloir […] le gracieux retour*** : le désir de liberté du serf ou celui de l'arrivée au port pour le navire ne sont pas aussi intenses que mon attente de ton retour

2. ***Se lamente*** : se plaint, s'exprime avec douleur.

3. ***Bref*** : rapide, prochain.

4. ***De m'avoir si tôt rompu la foi*** : d'avoir aussi vite manqué à ta promesse.

5. ***Comme*** : comment.

6. ***Or' que*** : maintenant que.

7. ***Pô cornu*** : le ***Pô*** est un fleuve du nord de l'Italie dont le cours sinueux évoquait la forme d'un dieu cornu.

8. ***Jà*** : déjà.

9. ***En oubli inconstamment est mise*** : [ta loyauté] est tombée dans l'oubli.

S'il est ainsi, et que déjà la foi
Et la bonté se retirent de toi,
Il ne me faut émerveiller si ore
Toute pitié tu as perdu encore.
Ô combien a de pensée et de crainte,
Tout à part soi [1], l'âme d'Amour atteinte !
Ore je crois, vu notre amour passée,
Qu'impossible est que tu m'aies laissée,
Et de nouveau ta foi je me fiance [2],
Et plus qu'humaine estime ta constance.
Tu es, peut-être, en chemin inconnu
Outre ton gré [3] malade retenu.
Je crois que non : car tant suis coutumière
De faire aux dieux pour ta santé prière,
Que plus cruels que tigres ils seraient
Quand maladie ils te pourchasseraient [4],
Bien que ta folle et volage inconstance
Mériterait avoir quelque souffrance.
Telle est ma foi qu'elle pourra suffire
À te garder d'avoir mal et martyre [5].
Celui qui tient au haut ciel son empire
Ne me saurait, ce me semble, dédire [6] ;
Mais quand mes pleurs et larmes entendrait
Pour toi priant, son ire [7] il retiendrait.

---

1. ***À part soi*** : sans le dire, silencieusement.
2. ***De nouveau ta foi je me fiance*** : à nouveau, je me fie au serment que tu m'as fait.
3. ***Outre ton gré*** : contre ton gré.
4. ***Quand maladie ils te pourchasseraient*** : s'ils te frappaient de maladie.
5. ***Telle est ma foi [...] martyre*** : mon amour passionné te protégera des dangers et des coups du sort.
6. ***Celui qui tient [...] dédire*** : j'en prends pour témoin et pour garant Dieu, qui veille depuis le ciel sur les hommes.
7. ***Ire*** : colère, châtiment.

J'ai de tout temps vécu en son service,
Sans me sentir coupable d'autre vice
Que de t'avoir bien souvent en son lieu
D'amour forcé, adoré comme dieu.
Déjà deux fois depuis le promis terme [1]
De ton retour, Phèbe [2] ses cornes ferme,
Sans que de bonne ou mauvaise fortune
De toi, Ami, j'aie nouvelle aucune.
Si toutefois, pour être enamouré
En autre lieu, tu as tant demeuré [3],
Si [4] sais-je bien que t'amie nouvelle
À peine aura le renom d'être telle,
Soit en beauté, vertu, grâce et faconde [5],
Comme plusieurs gens savants par le monde
M'ont fait à tort, ce crois-je, être estimée [6].
Mais qui pourra garder la renommée ?
Non seulement en France suis flattée,
Et beaucoup plus, que ne veux, exaltée.
La terre aussi que Calpe [7] et Pyrénées
Avec la mer tiennent environnée,
Du large Rhin les roulantes arènes [8],
Le beau pays auquel or' te promènes,

1. ***Le promis terme*** : la fin promise.
2. ***Phèbe*** : déesse de la lune dans la mythologie grecque. L'expression « ses cornes ferme » signifie que la lune a deux fois accompli son cycle.
3. ***Si toutefois [...] demeuré*** : si ton retard s'explique par un nouvel amour qui te retient là-bas.
4. ***Si*** : pourtant. On peut comprendre la phrase par « Dans le cas où tu es demeuré..., je sais pourtant bien que... ».
5. ***Faconde*** : éloquence.
6. ***À peine aura le renom d'être telle,/ [...] ce crois-je, être estimée*** : ta nouvelle bien-aimée ne pourra avoir les qualités qu'on m'attribue peut-être de manière excessive (beauté, vertu, grâce, éloquence).
7. ***Calpe*** : le détroit de Gibraltar.
8. ***Arènes*** : sables, limons.

Ont[1] entendu – tu me l'as fait accroire[2] –
Que gens d'esprit me donnent quelque gloire.
Goûte le bien que tant d'hommes désirent,
Demeure au but où tant d'autres aspirent,
Et crois qu'ailleurs n'en auras une telle[3].
Je ne dis pas qu'elle ne soit plus belle,
Mais que jamais femme ne t'aimera,
Ni plus que moi d'honneur te portera.
Maints[4] grands seigneurs à mon amour prétendent,
Et à me plaire et servir prêts se rendent,
Joutes et jeux, maintes belles devises[5]
En ma faveur sont par eux entreprises ;
Et néanmoins, tant peu je m'en soucie,
Que seulement ne les en remercie[6] ;
Tu es tout seul, tout mon mal et mon bien,
Avec toi tout, et sans toi je n'ai rien,
Et n'ayant rien qui plaise à ma pensée,
De tout plaisir me trouve délaissée,
Et pour plaisir, ennui saisir me vient[7].
Le regretter et pleurer me convient,
Et sur ce point entre en tel déconfort[8],
Que mille fois je souhaite la mort.

---

1. ***Ont*** : le sujet du verbe est composé de *la terre* et *le beau pays*.
2. ***Tu me l'as fait accroire*** : tu m'as trompée par cette parole.
3. ***Et crois qu'ailleurs n'en auras une telle*** : et ne crois pas qu'ailleurs tu trouveras une femme comme moi.
4. ***Maints*** : nombreux.
5. ***Devises*** : dans les tournois, inscriptions portées sur l'équipement des chevaliers qui indiquent au service de quelle dame ils concourent.
6. ***Et néanmoins [...] remercie*** : j'y suis tellement indifférente que je ne les remercie même pas de leurs efforts pour essayer de me plaire.
7. ***Et pour plaisir, ennui saisir me vient*** : et à la place du plaisir, c'est la souffrance qui s'empare de moi.
8. ***Entre en tel déconfort*** : j'atteins un tel état d'accablement.

Ainsi, Ami, ton absence lointaine
Depuis deux mois me tient en cette peine,
Ne vivant pas, mais mourant d'une amour
Lequel [1] m'occit [2] dix mille fois le jour.
Reviens donc tôt [3], si tu as quelque envie
De me revoir encore un coup [4] en vie.
Et si la mort avant ton arrivée
A de mon corps l'aimante âme privée [5],
Au moins un jour viens, habillé de deuil,
Environner le tour de mon cercueil [6].
Que plût à Dieu que lors fussent trouvés
Ces quatre vers en blanc marbre engravés :
« PAR TOI, AMI, TANT VÉCUS ENFLAMMÉE,
QU'EN LANGUISSANT PAR FEU SUIS CONSUMÉE,
QUI COUVE ENCOR SOUS MA CENDRE EMBRASÉE,
SI NE LE RENDS DE TES PLEURS APAISÉE [7]. »

1. Le pronom ***lequel*** est masculin alors que son antécédent est féminin, ***une amour***. Un tel accord syntaxique est toléré à l'époque.

2. ***M'occit*** : me tue.

3. ***Tôt*** : rapidement.

4. ***Encore un coup*** : une nouvelle et dernière fois.

5. ***A de mon corps l'aimante âme privée*** : et si la mort a retiré de mon corps mon âme amoureuse.

6. ***Environner le tour de mon cercueil*** : te recueillir en faisant le tour de mon cercueil.

7. ***Si ne le rends de tes pleurs apaisée*** : seuls tes pleurs pourraient éteindre ce feu. Dans ce dernier vers, le pronom *le* se réfère au feu, et *apaisée* s'accorde avec *cendre*. Il faut comprendre : « je suis embrasée d'un feu qui couve sous la cendre, et il n'y a que tes pleurs qui pourraient l'éteindre ».

Élégie 3

Quand vous lirez, ô Dames lyonnoises,
Ces miens écrits pleins d'amoureuses noises [1],
Quand mes regrets, ennuis, dépits et larmes
M'orrez [2] chanter en pitoyables carmes [3],
Ne veuillez pas condamner ma simplesse [4],
Et jeune erreur de ma folle jeunesse [5],
Si c'est erreur : mais qui dessous les cieux
Se peut vanter de n'être vicieux ?
L'un n'est content de sa sorte de vie,
Et toujours porte à ses voisins envie [6] ;
L'un forcenant [7] de voir la paix en terre,
Par tous moyens tâche y mettre la guerre ;
L'autre croyant pauvreté être vice,
À autre Dieu qu'or ne fait sacrifice [8] ;
L'autre sa foi parjure [9] il emploiera
À décevoir [10] quelqu'un qui le croira ;

---

1. ***Noises*** : souffrances morales. C'est pour préserver la rime avec ce mot que nous avons maintenu le mot original *lyonnoises*, à la place de *lyonnaises* qui est attendu ici.

2. ***M'orrez*** : vous m'entendrez.

3. ***Pitoyables carmes*** : poèmes plaintifs.

4. ***Simplesse*** : manque de connaissance, stupidité apparente.

5. Ce vers, et notamment l'expression ***jeune erreur***, est une allusion à un poème très connu à la Renaissance : le premier sonnet du *Canzoniere* de Pétrarque (1348) : « Vous qui au fil des rimes éparses écoutez/ Le son de ces soupirs dont j'ai repu mon cœur/ Lors de ma juvénile et première erreur/ Quand j'étais en partie autre homme que ne suis » (*Le Chansonnier*, trad. P. Blanc, Classiques Garnier, 1988).

6. ***Porte à ses voisins envie*** : jalouse ses voisins.

7. ***Forcenant*** : devenant fou.

8. ***À autre Dieu qu'or ne fait sacrifice*** : il fait de l'or son unique dieu.

9. ***Parjure*** : déloyale, traîtresse.

10. ***Décevoir*** : tromper, abuser.

L'un en mentant de sa langue lézarde [1],
Mille brocards sur l'un et l'autre darde [2] ;
Je ne suis point sous ces planètes née [3],
Qui m'eussent pu tant faire infortunée.
Onques ne fut mon œil marri de voir [4]
Chez mon voisin mieux que chez moi pleuvoir.
Onc ne mis noise ou discord [5] entre amis,
À faire gain jamais ne me soumis.
Mentir, tromper, et abuser autrui,
Tant m'a déplu que médire de lui.
Mais si en moi rien y a d'imparfait [6],
Qu'on blâme Amour : c'est lui seul qui l'a fait.
Sur mon vert âge en ses lacs [7] il me prit,
Lorsqu'exerçais mon corps et mon esprit
En mille et mille œuvres ingénieuses,
Qu'en peu de temps me rendit ennuyeuses.
Pour bien savoir avec l'aiguille peindre [8]
J'eusse entrepris la renommée éteindre

1. ***Langue lézarde*** (adj.) : langue fendue comme celle du lézard ou du serpent, symbole de mensonge et de tromperie.
2. ***Mille brocards sur l'un et l'autre darde*** : fait circuler mille moqueries sur l'un et sur l'autre.
3. ***Sous ces planètes née*** : allusion astrologique à l'influence des planètes sur le caractère (croyance très importante à la Renaissance).
4. ***Onques ne fut mon œil marri de voir*** : pas une fois je ne fus contrariée de voir.
5. ***Noise ou discord*** : la dispute ou le conflit.
6. ***Mais si en moi rien y a d'imparfait*** : mais si on peut trouver une imperfection en moi.
7. ***Lacs*** : filets.
8. ***Avec l'aiguille peindre*** : allusion à la broderie. Les vers qui suivent renvoient à la figure mythique d'Arachné, évoquée au livre I des *Métamorphoses* d'Ovide : tisseuse célèbre, elle lança un défi à la déesse Athéna (aussi appelée Pallas) pour savoir qui était la meilleure brodeuse. Battue, Athéna déchira l'œuvre de sa rivale, qui se pendit de dépit. Athéna lui permit de revivre sous la forme d'une araignée.

De celle-là qui, plus docte [1] que sage,
Avec Pallas comparait son ouvrage.
Qui m'eût vu lors en armes fière aller,
Porter la lance et bois faire voler,
Le devoir faire en l'étour [2] furieux,
Piquer, volter [3] le cheval glorieux,
Pour Bradamante ou la haute Marphise [4],
Sœur de Roger [5], il m'eût, possible, prise [6].
Mais quoi ? Amour ne put longuement voir,
Mon cœur n'aimant que Mars et le savoir [7] ;
Et me voulant donner autre souci,
En souriant, il me disait ainsi :
« Tu penses donc, ô lyonnaise Dame,
Pouvoir fuir par ce moyen ma flamme ?
Mais non feras [8], j'ai subjugué les dieux
Ès bas Enfers [9], en la Mer et ès cieux.
Et penses-tu que n'aie [10] tel pouvoir
Sur les humains de leur faire savoir
Qu'il n'y a rien qui de ma main échappe ?
Plus fort se panse [11] et plus tôt je le frappe.
De me blâmer quelquefois tu n'as honte,

---

1. ***Docte*** : savante, experte.
2. ***Étour*** : combat, assaut. Le vers insiste sur la capacité qu'elle a d'être habile même dans un assaut furieux.
3. ***Volter*** : faire tournoyer un cheval.
4. ***Bradamante ou la haute Marphise*** : personnages de guerrières.
5. ***Roger*** : l'un des héros du *Roland furieux* (1516) du poète italien l'Arioste.
6. ***Il m'eût, possible, prise*** : il aurait pu me prendre pour.
7. ***Mars et le savoir*** : l'intérêt pour le combat et le savoir (plutôt que pour l'amour). Mars est le dieu de la guerre.
8. ***Non feras*** : tu ne le pourras pas, je te l'interdis.
9. ***Ès bas Enfers*** : dans les bas Enfers.
10. ***N'aie*** : que je n'aie.
11. ***Plus fort se panse*** : plus il se soigne.

En te fiant en Mars dont tu fais conte [1] ;
Mais maintenant, vois si pour persister
En le suivant me pourras résister. »
Ainsi parlait, et tout échauffé d'ire [2]
Hors de sa trousse une sagette [3] il tire,
Et décochant de son extrême force,
Droit la tira contre ma tendre écorce,
Faible harnais [4] pour bien couvrir le cœur,
Contre l'Archer qui toujours est vainqueur.
La brèche faite, entre Amour en la place
Dont le repos premièrement [5] il chasse :
Et de travail [6] qui me donne sans cesse,
Boire, manger et dormir ne me laisse.
Il ne me chaut de [7] soleil ni d'ombrage :
Je n'ai qu'Amour et feu en mon courage
Qui me déguise, et fait autre paraître,
Tant que ne peux moi-même me connaître.
Je n'avais vu encore seize hivers,
Lorsque j'entrai en ces ennuis divers :
Et jà [8] voici le treizième été
Que mon cœur fut par Amour arrêté.
Le temps met fin aux hautes Pyramides,
Le temps met fin aux fontaines humides,
Il ne pardonne aux braves Colisées [9],

---

1. C'est la vengeance du dieu Amour sur la femme qui, de dépit amoureux, s'était tournée vers la célébration de Mars.
2. ***Échauffé d'ire*** : ivre de colère.
3. ***Sagette*** : flèche. La ***trousse*** désigne l'étui dans lequel les flèches sont rangées.
4. ***Harnais*** : ensemble de l'équipement porté par un homme pour la guerre ou pour un tournoi.
5. ***Premièrement*** : aussitôt.
6. ***Travail*** : souffrance, tourment.
7. ***Il ne me chaut de*** : peu m'importent.
8. ***Jà*** : déjà.
9. ***Pyramides***, ***Colisées*** : monuments égyptiens et romains qui symbolisent l'éternité mais qui finiront tout de même par tomber en ruines.

Il met à fin [1] les villes plus prisées,
Finir aussi il a accoutumé
Le feu d'Amour tant soit-il allumé [2] ;
Mais, las [3] ! en moi il semble qu'il augmente
Avec le temps, et que plus me tourmente.
Pâris aima Œnone ardemment,
Mais son amour ne dura longuement :
Médée fut aimée de Jason [4],
Qui tôt après la mit hors sa maison.
Si [5] méritaient-elles être estimées,
Et pour aimer leurs amis, être aimées [6].
S'étant aimé [7] on peut Amour laisser,
N'est-il raison, ne l'étant, se lasser [8] ?
N'est-il raison te prier de permettre,
Amour, que puisse à mes tourments fin mettre ? [9]
Ne permets point que de Mort face épreuve,
Et plus que toi pitoyable la treuve [10] ;
Mais si tu veux que j'aime jusqu'au bout,

---

1. ***Il met à fin*** : il détruit.

2. ***Finir aussi [...] soit-il allumé*** : le temps parvient à éteindre le feu d'amour, même s'il est brûlant.

3. ***Las*** : hélas.

4. Ces deux couples de personnages sont des amoureux de la mythologie grecque. ***Pâris*** s'éprit de la nymphe ***Œnone***, avant de la délaisser pour Hélène ; ***Médée*** fut abandonnée par ***Jason***, en dépit de la vigueur de l'amour que lui portait son amant autrefois.

5. ***Si*** : pourtant, cependant.

6. ***Pour aimer leurs amis, être aimées*** : parce qu'elles aimaient leur ami, elles méritaient d'être aimées.

7. ***S'étant aimé*** : si, quand on est aimé.

8. ***N'est-il raison, ne l'étant, se lasser ?*** : ne peut-on comprendre qu'on s'en détourne, quand on n'est pas aimé ?

9. ***N'est-il raison te prier [...] fin mettre ?*** : ne peut-on te demander, Amour, de mettre fin à mes tourments ?

10. ***Treuve*** : trouve. La graphie originale est maintenue pour préserver la rime avec *épreuve*. Il faut comprendre : « ne me fais pas aller jusqu'à la mort ».

Fais que celui que j'estime mon tout,
Qui seul me peut faire pleurer et rire,
Et pour lequel si souvent je soupire,
Sente en ses os, en son sang, en son âme,
Ou plus ardente, ou bien égale flamme.
Alors ton faix [1] plus aisé me sera,
Quand avec moi quelqu'un le portera.

1. ***Faix*** : fardeau, poids écrasant.

SONNETS

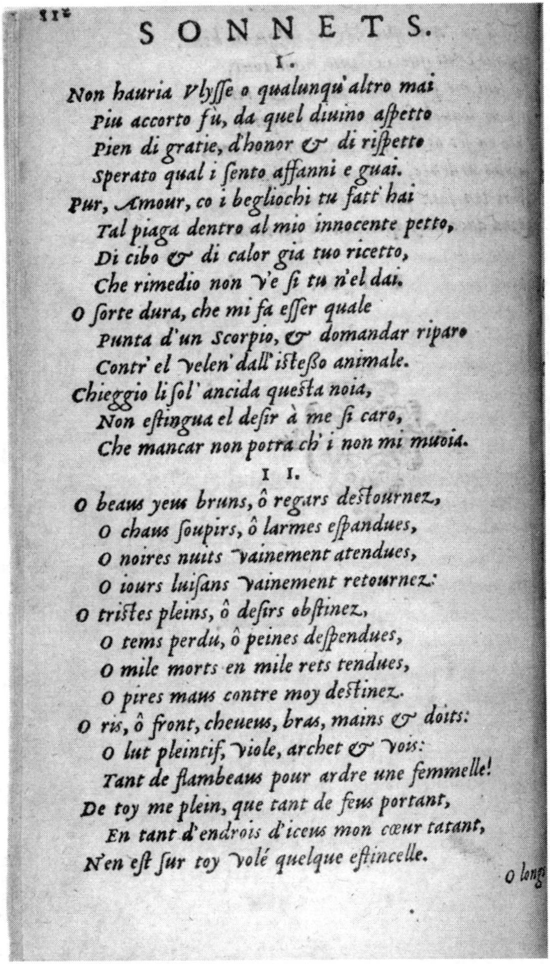
112

SONNETS.

I.

Non hauria Vlyſſe o qualunqu'altro mai
Piu accorto fù, da quel diuino aſpetto
Pien di gratie, d'honor & di riſpetto
Sperato qual i ſento affanni e guai.
Pur, Amour, co i begliochi tu fatt'hai
Tal piaga dentro al mio innocente petto,
Di cibo & di calor gia tuo ricetto,
Che rimedio non v'e ſi tu n'el dai.
O ſorte dura, che mi fa eſſer quale
Punta d'un Scorpio, & domandar riparo
Contr'el velen'dall'iſteſſo animale.
Chieggio li ſol'ancida queſta noia,
Non eſtingua el deſir à me ſi caro,
Che mancar non potra ch'i non mi muoia.

II.

O beaus yeus bruns, ô regars deſtournez,
O chaus ſoupirs, ô larmes eſpandues,
O noires nuits vainement atendues,
O iours luiſans vainement retournez:
O triſtes pleins, ô deſirs obſtinez,
O tems perdu, ô peines deſpendues,
O mile morts en mile rets tendues,
O pires maus contre moy deſtinez.
O ris, ô front, cheueus, bras, mains & doits:
O lut pleintif, viole, archet & vois:
Tant de flambeaus pour ardre une femmelle!
De toy me plein, que tant de feus portant,
En tant d'endrois d'iceus mon cœur tatant,
N'en eſt ſur toy volé quelque eſtincelle.

O long

■ Extrait des « Sonnets » dans l'édition des *Œuvres* de Louise Labé imprimée par Jean de Tournes (1555).

1.

Non havria Ulysse o qualunqu'altro mai
Più accorto fù, da quel divino aspetto
Pien di gratie, d'honor et di rispetto
4 Sperato qual i' sento affanni e guai.

Pur, *Amour*, co i begli ochi tu fatt'hai
Tal piaga dentro al mio innocente petto,
Di cibo et di calor già tuo ricetto,
8 Che rimedio non v'è si tu n'el dai.

O sorte dura, che mi fa esser quale
Punta d'un Scorpio, et domandar riparo
11 Contr'el velen' dall'istesso animale.

Chieggo li sol' ancida questa noia,
Non estingua el desir a me si caro,
14 Che mancar non potra ch'i' non mi muoia.

Transposition en sonnet d'alexandrins [1] :

Si jamais il y eut plus clairvoyant qu'Ulysse [2],
Il n'aurait jamais pu prévoir que ce visage,
Orné de tant de grâce et si digne d'hommage,
4 *Devienne l'instrument de mon affreux supplice.*

---

1. La traduction française de ce sonnet en italien ne figure pas dans l'édition originale. Nous reprenons ici la traduction de François Rigolot tirée des *Œuvres complètes* de Louise Labé, GF-Flammarion, 2020, p. 121.
2. ***Ulysse*** : héros de l'*Odyssée* d'Homère (VIIIe siècle av. J.-C.).

Cependant ces beaux yeux, Amour, ont su ouvrir
Dans mon cœur innocent une telle blessure
– Dans ce cœur où tu prends chaleur et nourriture –
Que tu es bien le seul à pouvoir m'en guérir.

Cruel destin ! Je suis la pointe d'un scorpion,
Et ne puis demander un remède au poison
Que de cet animal qui a su me piquer !

Je t'en supplie, Amour, cesse de me tourmenter !
Mais n'éteins pas en moi mon plus précieux désir,
Sinon il me faudra fatalement mourir.

2.

Ô beaux yeux bruns, ô regards détournés,
Ô chauds soupirs, ô larmes épandues,
Ô noires nuits vainement attendues,
Ô jours luisants vainement retournés,

Ô tristes pleins [1], ô désirs obstinés,
Ô temps perdu, ô peines dépendues [2],
Ô mille morts en mille rets [3] tendues,
Ô pires maux contre moi destinés.

Ô ris, ô front, cheveux, bras, mains et doigts,
Ô luth plaintif, viole, archet et voix :
Tant de flambeaux pour ardre [4] une femelle !

De toi me plains que tant de feux portant,
En tant d'endroits d'iceux [5] mon cœur tâtant,
N'en est sur toi volé quelque étincelle [6].

---

1. ***Pleins*** : plaintes.
2. ***Dépendues*** : perdues.
3. ***Rets*** : filets, pièges.
4. ***Ardre*** : brûler, embraser.
5. ***D'iceux*** : de ceux-ci. Les vers 10 et 11 insistent sur l'embrasement du cœur, touché en tant d'endroits par les flammes de l'amour. Celui-ci est ici présenté comme néfaste et destructeur.
6. Le dernier vers évoque le regret que l'amant n'ait pas été touché par la moindre étincelle, alors que le *je* poétique est en proie à un intense brasier amoureux.

3.

Ô longs désirs, ô espérances vaines,
Tristes soupirs et larmes coutumières
À engendrer de moi maintes [1] rivières,
Dont mes deux yeux sont sources et fontaines ;

Ô cruautés, ô durtés [2] inhumaines,
Piteux [3] regards des célestes lumières [4],
Du cœur transi ô passions premières,
Estimez-vous croître encore mes peines ?

Qu'encor Amour sur moi son arc essaie,
Que nouveaux feux me jette et nouveaux dards [5],
Qu'il se dépite, et pis qu'il pourra fasse [6],

Car je suis tant navrée [7] en toutes parts,
Que plus en moi une nouvelle plaie,
Pour m'empirer ne pourrait trouver place.

---

1. ***Maintes*** : nombreuses.
2. ***Durtés*** : duretés. L'orthographe originale est maintenue pour préserver la prosodie.
3. ***Piteux*** : douloureux.
4. ***Célestes lumières*** : il s'agit des yeux de l'amant.
5. ***Dards*** : les flèches lancées par Amour.
6. ***Qu'il se dépite, et pis qu'il pourra fasse*** : qu'il se mette en colère, et qu'il réagisse de la plus terrible des manières.
7. ***Navrée*** : blessée, affligée.

4.

Depuis qu'Amour cruel empoisonna
Premièrement [1] de son feu ma poitrine,
Toujours brûlai de sa fureur divine,
Qui un seul jour mon cœur n'abandonna.

Quelque travail [2] dont assez me donna,
Quelque menace et prochaine ruïne [3],
Quelque pensée de mort qui tout termine,
De rien mon cœur ardent ne s'étonna [4].

Tant plus qu'Amour [5] nous vient fort assaillir,
Plus il nous fait nos forces recueillir,
Et toujours frais en ses combats fait être [6] ;

Mais ce n'est pas qu'en rien nous favorise,
Cil qui [7] les Dieux et les hommes méprise [8],
Mais pour plus fort contre les forts paraître.

---

1. ***Premièrement*** : la première fois.

2. ***Quelque travail*** : quels que soient les tourments, les tortures. La construction est reprise dans le même sens dans les vers suivants.

3. ***Ruïne*** : le tréma indique la diérèse : le mot « ru-ine » doit être prononcé en deux syllabes.

4. Ce vers est la proposition principale de la phrase. Il récapitule toutes les sources de douleur énumérées dans les vers du début de la strophe en les rassemblant avec le mot « rien ».

5. ***Tant plus qu'Amour*** : plus l'amour.

6. Les vers 9 et 10 insistent sur le paradoxe amoureux : plus le sentiment fait souffrir, et plus il éveille et stimule les forces des amoureux.

7. ***Cil qui*** : celui qui.

8. ***Mais ce n'est pas [...] méprise*** : mais ce n'est pas qu'il veuille nous faire une quelconque faveur, celui qui (Amour) méprise les dieux et les mortels.

5.

Claire Vénus qui erres par les cieux,
Entends ma voix qui en pleins chantera [1],
Tant que ta face au haut du ciel luira,
Son long travail [2] et souci ennuyeux.

Mon œil veillant [3] s'attendrira bien mieux,
Et plus de pleurs te voyant jettera.
Mieux mon lit mol de larmes baignera [4],
De ses travaux voyant témoins tes yeux.

Donc des humains sont les lassés esprits
De doux repos et de sommeil épris.
J'endure mal [5] tant que le soleil luit ;

Et quand je suis quasi toute cassée,
Et que me suis mise en mon lit lassée,
Crier me faut mon mal toute la nuit.

---

1. ***En pleins chantera*** : résonnera avec force.
2. ***Travail***, ***travaux*** (v. 8) : souffrances, tourments.
3. ***Veillant*** : vigilant, éveillé.
4. Le sujet de « baignera » est « mon œil » : mon œil baignera mon lit de pleurs.
5. ***J'endure mal*** : j'endure le mal.

6.

Deux ou trois fois bienheureux le retour
De ce clair Astre [1], et plus heureux encore
Ce que son œil de regarder honore [2].
Que celle-là recevrait un bon jour,

Qu'elle pourrait se vanter d'un bon tour
Qui [3] baiserait le plus beau don de Flore [4],
Le mieux sentant que jamais vît Aurore [5],
Et y ferait sur ses lèvres séjour !

C'est à moi seule à qui ce bien est dû,
Pour tant de pleurs et tant de temps perdu ;
Mais le voyant, tant lui ferai de fête,

Tant emploierai de mes yeux le pouvoir,
Pour dessus lui plus de crédit avoir,
Qu'en peu de temps ferai grande conquête.

---

1. ***Clair Astre*** : le soleil. Il s'agit également ici d'une métaphore de l'amant.

2. ***Ce que son œil de regarder honore*** : celle qui a l'honneur d'attirer le regard de l'amant.

3. C'est le sujet de la proposition principale de la phrase commencée au vers 4 : celle qui embrasserait la plus belle et la plus parfumée des fleurs connaîtrait une merveilleuse journée et pourrait se vanter de ce privilège (v. 4-8).

4. ***Flore*** : déesse des fleurs et du printemps dans la mythologie romaine.

5. ***Aurore*** : la déesse de l'aurore (en grec, Éos).

7.

On voit mourir toute chose animée,
Lorsque du corps l'âme subtile part [1],
Je suis le corps, toi la meilleure part,
Où es-tu donc, ô âme bien aimée ?

Ne me laissez par si long temps pâmée [2],
Pour me sauver après viendrais [3] trop tard.
Las [4], ne mets point ton corps en ce hasard [5],
Rends-lui sa part et moitié estimée.

Mais fais, Ami, que ne soit dangereuse
Cette rencontre et revue [6] amoureuse,
L'accompagnant, non de sévérité,

Non de rigueur, mais de grâce amiable [7],
Qui doucement me rende ta beauté,
Jadis cruelle, à présent favorable.

---

1. ***Part*** : se sépare.
2. ***Par si long temps pâmée*** : évanouie pendant un temps aussi long.
3. ***Viendrais*** : cette deuxième personne du singulier désigne l'amant.
4. ***Las*** : hélas.
5. ***Hasard*** : danger, péril (de rester séparer de sa bien-aimée).
6. ***Revue*** : réunion, retrouvailles.
7. ***Amiable*** : nous dirions aujourd'hui « aimable », mais cette forme est maintenue car elle exige une diérèse ; *amiable* doit être prononcé en trois syllabes.

8.[1]

Je vis, je meurs ; je me brûle et me noie.
J'ai chaud extrême en endurant froidure,
La vie[2] m'est et trop molle et trop dure.
J'ai grands ennuis entremêlés de joie ;

Tout à un coup[3] je ris et je larmoie,
Et en plaisir[4] maints griefs tourments[5] j'endure,
Mon bien s'en va, et à jamais il dure,
Tout en un coup je sèche et je verdoie.

Ainsi Amour inconstamment me mène,
Et quand je pense avoir plus de douleur,
Sans y penser je me trouve hors de peine.

Puis quand je crois ma joie être certaine,
Et être au haut de mon désiré heur[6],
Il me remet en mon premier malheur.

---

1. Ce poème fait explicitement référence à l'ode « Le Désir » de Sapphô, reproduite p. 161. Il peut aussi être rapproché du sonnet 12 des *Amours* de Ronsard (1553). L'ensemble du sonnet repose sur des antithèses soulignant les effets contraires de l'état amoureux. On notera que ce sonnet présente deux particularités allant à l'encontre des usages : l'absence d'alternances de rimes féminines et masculines dans les quatrains, et une disposition des rimes CDC-CDD dans les tercets.

2. ***La vie*** : il faut prononcer le « e » final (diérèse) : le mot doit compter pour deux syllabes afin de préserver la prosodie.

3. ***Tout à un coup*** : simultanément, au même moment. Le sens est le même pour « tout en un coup », v. 8.

4. ***En plaisir*** : lorsque j'éprouve du plaisir.

5. ***Maints griefs tourments*** : des tourments nombreux et graves. Le mot *griefs* doit être prononcé en une seule syllabe (synérèse) pour préserver la prosodie.

6. ***Heur*** : bonheur.

9.[1]

Tout aussi tôt que je commence à prendre
Dans le mol lit le repos désiré,
Mon triste esprit hors de moi retiré[2]
S'en va vers toi incontinent[3] se rendre.

Lors m'est avis que[4] dedans mon sein tendre
Je tiens le bien où j'ai tant aspiré,
Et pour lequel j'ai si haut soupiré,
Que de sanglots ai souvent cuidé fendre[5].

Ô doux sommeil, ô nuit à moi heureuse !
Plaisant repos, plein de tranquillité,
Continuez[6] toutes les nuits mon songe ;

Et si jamais ma pauvre âme amoureuse
Ne doit avoir de bien en vérité[7],
Faites au moins qu'elle en ait en mensonge[8].

---

1. Ce sonnet présente une organisation remarquable des rimes dans les tercets : CB'D CB'D (la lettre B' indiquant la même voyelle finale mais pas la même consonne que la rime B).

2. Ce vers fait allusion à la croyance selon laquelle l'esprit quittait le corps pendant le sommeil.

3. ***Incontinent*** : immédiatement, sans délai.

4. ***Lors m'est avis que*** : alors il m'apparaît que.

5. ***De sanglots ai souvent cuidé fendre*** : j'ai cru me fendre en deux à force de tant de sanglots.

6. Ce verbe a pour sujets les noms des deux vers précédents (« sommeil », « nuit » et « repos »).

7. ***Ne doit avoir de bien en vérité*** : ne doit pas connaître de bonheur réel.

8. ***En mensonge*** : par l'illusion que procurent le rêve, l'imagination, le fantasme.

10.[1]

Quand j'aperçois ton blond chef[2] couronné
D'un laurier vert faire un luth si bien plaindre[3]
Que tu pourrais à te suivre contraindre
Arbres et rocs[4] ; quand je te vois orné,

Et de vertus dix mille environné[5],
Au chef d'honneur[6] plus haut que nul atteindre,
Et des plus hauts les louanges éteindre[7],
Lors[8] dit mon cœur en soi passionné :

« Tant de vertus qui te font être aimé,
Qui de chacun te font être estimé,
Ne te pourraient aussi bien faire aimer[9] ?

Et ajoutant à ta vertu louable
Ce nom encor de m'être pitoyable[10],
De mon amour doucement t'enflammer ? »

---

1. Ce poème présente une organisation remarquable des rimes dans les tercets : CCC' DDC' (C et C' différant par la graphie et non par la sonorité).
2. ***Chef*** : tête, visage.
3. ***Faire un luth si bien plaindre*** : tirer de ton luth de si beaux sons plaintifs.
4. ***Que tu pourrais à te suivre contraindre/ Arbres et rocs*** : que tu pourrais forcer les arbres et les rochers à te suivre (allusion à la figure mythologique d'Orphée : la beauté magique de son chant parvenait à envoûter et à animer les éléments de la nature).
5. ***Et de vertus dix mille environné*** : entouré, accompagné de dix mille vertus.
6. ***Au chef d'honneur*** : au comble, au sommet de l'honneur.
7. ***Et des plus hauts les louanges éteindre*** : et surpasser la renommée des personnages les plus glorieux.
8. ***Lors*** : alors. Ici intervient la proposition principale de la phrase commencée au début du poème.
9. L'opposition entre la forme passive ***être aimé***, v. 9, et ***faire aimer***, v. 11, est symbolique : aimé de tous, Orphée pourrait-il aimer à son tour ?
10. ***Ce nom encor de m'être pitoyable*** : la renommée d'avoir éveillé ma pitié.

11.

Ô doux regards, ô yeux pleins de beauté,
Petits jardins, pleins de fleurs amoureuses,
Où sont d'Amour les flèches dangereuses,
Tant à vous voir mon œil s'est arrêté [1] !

Ô cœur félon [2], ô rude cruauté,
Tant tu me tiens de façons rigoureuses,
Tant j'ai coulé de larmes langoureuses,
Sentant l'ardeur de mon cœur tourmenté !

Doncques, mes yeux, tant de plaisir avez,
Tant de bons tours par ses yeux recevez [3],
Mais toi, mon cœur, plus les vois [4] s'y complaire,

Plus tu languis, plus en as de souci,
Or devinez si je suis aise [5] aussi,
Sentant mon œil être à mon cœur contraire.

---

1. ***Où sont d'Amour [...] mon œil s'est arrêté*** : mon regard a cessé de vous considérer avec amour, si bien qu'on peut se demander où ont disparu les flèches dangereuses de Cupidon. Cette strophe élégiaque inspirée du latin déplore la fin de l'amour, dont les causes seront évoquées dans les vers qui suivent.

2. ***Félon*** : déloyal, infidèle.

3. ***Tant de plaisir [...] recevez*** : vous recevez autant de plaisir que de charmes envoyés par ses yeux (le plaisir reçu est à la mesure des œillades de l'amoureux). Les vers suivants s'opposeront à cette remarque en délaissant le sens visuel pour la dimension affective.

4. ***Les vois*** : tu les vois. ***Les*** renvoie aux yeux de l'amant qui envoûtent le cœur pour le faire souffrir. Le même pronom « tu » doit être rétabli devant ***as*** au vers suivant.

5. ***Aise*** (adj.) : tranquille, satisfaite. Ce vers est teinté d'ironie, comme le souligne le paradoxe douloureux du dernier vers.

12.

Luth, compagnon de ma calamité,
De mes soupirs témoin irréprochable,
De mes ennuis contrôleur [1] véritable,
Tu as souvent avec moi lamenté [2] ;

Et tant le pleur piteux [3] t'a molesté [4]
Que commençant quelque son délectable,
Tu le rendais tout soudain lamentable [5],
Feignant le ton que plein avais chanté [6].

Et si te veux efforcer au contraire [7],
Tu te détends et si [8] me contrains taire ;
Mais me voyant tendrement soupirer,

Donnant faveur à ma tant triste plainte,
En mes ennuis me plaire suis contrainte,
Et d'un doux mal douce fin espérer.

---

1. *Contrôleur* : celui qui tient les registres (image empruntée au vocabulaire juridique).

2. *Tu as souvent avec moi lamenté* : tu t'es souvent lamenté avec moi.

3. *Piteux* : douloureux, qui suscite ou ressent la pitié.

4. *Molesté* : malmené, attristé.

5. *Lamentable* : qui exprime le chagrin, les lamentations.

6. *Feignant le ton que plein avais chanté* : en le reprenant avec une couleur sombre, de manière triste.

7. *Et si te veux efforcer au contraire* : et si je veux t'inciter à faire le contraire.

8. *Si* : ainsi, par conséquent. Le poème est adressé au luth ; ce vers fait allusion aux cordes de l'instrument qui se détendent et deviennent muettes.

13.

Oh si j'étais en ce beau sein ravie
De celui-là pour lequel vais [1] mourant,
Si avec lui vivre le demeurant
De mes courts jours ne m'empêchait envie [2],

Si m'accolant me disait [3] : « Chère Amie,
Contentons-nous l'un l'autre, s'assurant
Que jà [4] tempête, Euripe [5], ni courant
Ne nous pourra déjoindre [6] en notre vie »,

Si de mes bras le tenant accolé,
Comme du lierre est l'arbre encercelé [7],
La mort venait, de mon aise envieuse,

Lorsque souef [8] plus il me baiserait,
Et mon esprit sur ses lèvres fuirait,
Bien je mourrais [9], plus que vivante, heureuse.

---

1. ***Vais*** : je vais.
2. ***Si […] ne m'empêchait envie*** : si l'envie ne me préoccupait pas de (vivre avec lui le reste de mes courts jours).
3. ***M'accolant me disait*** : il me disait en me prenant dans ses bras. Il s'agit de l'amant désigné par *celui-là* au vers 2.
4. ***Jà*** : désormais, à partir de maintenant.
5. L'***Euripe*** est un bras de mer en Grèce ; les courants marins y changent de sens selon les heures de la journée.
6. ***Ne nous pourra déjoindre*** : ne pourront nous séparer. Le verbe est au singulier alors que le groupe sujet au vers précédent est pluriel. Cet accord est toléré dans la langue de l'époque.
7. ***Encercelé*** : encerclé. L'image du lierre et de l'arbre est fréquente dans la poésie amoureuse, désignant l'union des amants. On la retrouve par exemple dans le lai du « Chèvrefeuille » de Marie de France (p. 87).
8. ***Souef*** (adv.) : avec suavité, douceur (le mot doit être prononcé avec diérèse).
9. ***Bien je mourrais*** : c'est la proposition principale de l'unique phrase dont se compose ce sonnet.

14.

Tant que mes yeux pourront larmes épandre[1]
À l'heur[2] passé avec toi regretter[3],
Et qu'aux sanglots et soupirs résister
4 Pourra ma voix[4], et un peu faire entendre[5],

Tant que ma main pourra les cordes tendre
Du mignard[6] luth, pour tes grâces chanter,
Tant que l'esprit se voudra contenter
8 De ne vouloir rien fors que[7] toi comprendre,

Je ne souhaite encore[8] point mourir.
Mais quand mes yeux je sentirai tarir,
11 Ma voix cassée, et ma main impuissante,

Et mon esprit en ce mortel[9] séjour
Ne pouvant plus montrer signe d'amante[10],
14 Prierai la Mort noircir[11] mon plus clair jour.

---

1. ***Larmes épandre*** : répandre des larmes.
2. ***L'heur*** : le bonheur.
3. ***Regretter*** : ici, désirer le retour du bonheur amoureux.
4. L'ordre des termes est différent du français moderne : « et que ma voix pourra résister aux sanglots et aux soupirs ».
5. ***Faire entendre*** : se faire entendre.
6. ***Mignard*** : mélodieux, gracieux.
7. ***Fors que*** : en dehors de, sauf.
8. ***Encore*** : dans ces conditions.
9. ***Mortel*** : passager, éphémère (le terme désigne la brièveté de l'existence terrestre).
10. ***Signe d'amante*** : témoignage de la capacité d'être amoureuse.
11. ***Prierai la Mort noircir*** : je prierai la Mort de noircir.

15.

Pour le retour du soleil honorer,
Le Zéphyr l'air serein lui appareille [1] ;
Et du sommeil l'eau et la terre éveille,
Qui les gardait l'une de murmurer,

En doux coulant [2], l'autre de se parer
De maintes fleurs de couleur nonpareille [3].
Jà [4] les oiseaux ès arbres [5] font merveille,
Et aux passants font l'ennui modérer [6],

Les nymphes [7] jà en mille jeux s'ébattent
Au clair de lune, et dansant l'herbe abattent [8] ;
Veux-tu, Zéphyr, de ton heur [9] me donner,

Et que par toi toute me renouvelle ?
Fais mon soleil devers moi [10] retourner,
Et tu verras s'il ne me rend plus belle.

---

1. ***Le Zéphyr l'air serein lui appareille*** : le Zéphyr, personnification du vent d'ouest dans la mythologie grecque, prépare l'air serein à la venue du soleil. Le Zéphyr est le sujet des verbes *appareille* et *éveille* au vers suivant.
2. ***En doux coulant*** : par son écoulement paisible.
3. ***Nonpareille*** : qui n'a pas son pareil, inégalable.
4. ***Jà*** : déjà.
5. ***Ès arbres*** : dans les arbres.
6. ***Font l'ennui modérer*** : rendent les peines (des passants) moins déchirantes.
7. ***Nymphes*** : divinités de la nature, notamment liées aux cours d'eaux.
8. ***L'herbe abattent*** : elles couchent l'herbe sous leurs pas.
9. ***Heur*** : brise vivifiante, bonheur.
10. ***Devers moi*** : dans ma direction.

16.

Après qu'un temps la grêle et le tonnerre
Ont le haut mont de Caucase [1] battu,
Le beau jour vient, de lueur revêtu.
Quand Phébus [2] a son cerne [3] fait en terre,

Et l'Océan il regagne à grand erre [4],
Sa sœur [5] se montre avec son chef pointu [6].
Quand quelque temps le Parthe [7] a combattu,
Il prend la fuite et son arc il desserre [8].

Un temps t'ai vu et consolé plaintif [9],
Et défiant de mon feu peu hâtif [10] ;
Mais maintenant que tu m'as embrasée,

Et suis au point auquel tu me voulais,
Tu as ta flamme en quelque eau arrosée,
Et es plus froid qu'être je ne soulais [11].

---

1. ***Caucase*** : chaîne de montagnes entre la mer Noire et la mer Caspienne.
2. ***Phébus*** : surnom d'Apollon, représenté sous la forme du soleil, ce qui justifie l'allusion au vêtement de lumière du vers précédent.
3. ***Cerne*** : cercle (ce mot désigne la trajectoire courbe du soleil).
4. ***À grand erre*** : à toute vitesse (ce vers fait allusion au coucher du soleil, à l'ouest, en direction de l'océan Atlantique).
5. ***Sa sœur*** : la lune.
6. ***Chef pointu*** : le mot « chef » désigne la tête. L'expression renvoie ici au croissant de la lune.
7. ***Parthe*** : membre d'un peuple guerrier d'origine iranienne.
8. ***Son arc il desserre*** : il détend la corde de son arc après le combat.
9. ***T'ai vu et consolé plaintif*** : je t'ai vu te plaindre et je suis alors venue pour te consoler.
10. ***Et défiant de mon feu peu hâtif*** : et alors que tu protestais contre la tiédeur de mes sentiments pour toi.
11. ***Qu'être je ne soulais*** : que je n'en avais l'habitude. Les quatre derniers vers montrent que les amants n'ont pas su être ardents au même moment, l'un(e) l'étant au moment où l'autre se montrait plus froid(e).

17.

Je fuis la ville et temples et tous lieux
Esquels [1] prenant plaisir à t'ouïr [2] plaindre,
Tu pus, et non sans force, me contraindre
De te donner ce qu'estimais [3] le mieux.

Masques [4], tournois, jeux me sont ennuyeux,
Et rien sans toi de beau ne me puis peindre [5],
Tant que tâchant à ce désir éteindre,
Et un nouvel objet faire à mes yeux,

Et des pensers [6] amoureux me distraire,
Des bois épais suis le plus solitaire [7] ;
Mais j'aperçois, ayant erré maints tours [8],

Que si je veux de toi être délivre [9],
Il me convient hors de moi-même vivre,
Ou fais [10] encor que loin sois en séjour.

---

1. ***Esquels*** : dans lesquels.
2. ***Ouïr*** : le verbe doit être prononcé avec diérèse (en deux syllabes) pour respecter la prosodie.
3. ***Ce qu'estimais*** : ce que tu estimais.
4. ***Masques*** : fêtes masquées.
5. ***Ne me puis peindre*** : je ne peux me représenter.
6. ***Pensers*** : pensées.
7. ***Des bois épais suis le plus solitaire*** : je suis le plus épais des bois solitaires (les bois solitaires sont une image récurrente du lieu où s'exprime la douleur amoureuse, notamment dans certains sonnets de Ronsard).
8. ***Maints tours*** : de nombreuses fois.
9. ***Délivre*** (adj.) : délivrée.
10. Le pronom est omis ici. La première comme la deuxième personnes peuvent convenir, ce qui confère un caractère ambigu et énigmatique au dernier vers : ou bien il s'agit de l'amant qui éloigne l'amante, ou bien elle s'éloigne de lui.

18.

Baise m'encor [1], rebaise-moi et baise,
Donne-m'en un de tes plus savoureux,
Donne-m'en un de tes plus amoureux,
Je t'en rendrai quatre plus chauds que braise.

Las [2], te plains-tu ? çà [3] que ce mal j'apaise,
En t'en donnant dix autres doucereux.
Ainsi mêlant nos baisers tant heureux
Jouissons-nous [4] l'un de l'autre à notre aise.

Lors double vie [5] à chacun en suivra [6].
Chacun en soi et son ami vivra [7].
Permets m'Amour penser [8] quelque folie :

Toujours suis mal, vivant discrètement [9],
Et ne me puis donner contentement,
Si hors de moi ne fais quelque saillie [10].

---

1. ***Baise m'encor*** : donne-moi encore un baiser.

2. ***Las*** : hélas.

3. ***Çà*** : viens ici, approche-toi.

4. ***Jouissons-nous*** : réjouissons-nous, donnons-nous du plaisir. L'allusion érotique est nettement perceptible ici.

5. ***Double vie*** : l'expression peut désigner à la fois une vie plus intense, mais aussi une vie fracturée, bouleversée. L'expérience amoureuse est ici présentée de manière ambiguë.

6. ***En suivra*** : il en naîtra, il en résultera.

7. ***Chacun en soi et son ami vivra*** : chacun vivra pour lui-même et à travers l'amour de l'autre.

8. ***Permets m'Amour penser*** : permets-moi, Amour, de penser.

9. ***Discrètement*** : avec sagesse, de manière raisonnable.

10. ***Saillie*** : le mot est polysémique. Il peut renvoyer à une notion d'assaut militaire (les assiégés tentant une sortie pour se libérer de l'ennemi, d'où l'emploi de ***hors*** indiquant le mouvement vers l'extérieur), mais aussi à une connotation érotique (le mot est aujourd'hui encore employé pour désigner l'accouplement des animaux).

19.

Diane[1] étant en l'épaisseur d'un bois,
Après avoir maintes bêtes asséné[2],
Prenait le frais, de nymphes[3] couronnée ;
J'allais rêvant comme fais maintes fois[4],

Sans y penser, quand j'ouïs[5] une voix
Qui m'appela, disant : « Nymphe étonnée[6],
Que ne t'es-tu vers Diane tournée[7] ?
Et me voyant sans arc et sans carquois[8],

Qu'as-tu trouvé, ô compagne, en ta voie[9],
Qui de ton arc et flèches ait fait proie ?
– Je m'animai[10], réponds-je, à un passant,

Et lui jetai en vain toutes mes flèches
Et l'arc après ; mais lui les ramassant
Et les tirant me fit cent et cent brèches[11]. »

---

1. ***Diane*** : déesse de la chasse dans la mythologie romaine (en grec, Artémis).
2. ***Asséné*** : abattu, tué.
3. ***Nymphes*** : divinités de la nature, notamment liées aux cours d'eaux.
4. ***Maintes fois*** : souvent, à de nombreuses reprises.
5. ***J'ouïs*** : j'entendis (à prononcer en deux syllabes).
6. ***Étonnée*** : stupéfaite, abasourdie.
7. ***Que ne t'es-tu vers Diane tournée ?*** : pour quelle raison ne t'es-tu pas tournée vers Diane ?
8. ***Carquois*** : étui pour les flèches.
9. ***Qu'as-tu trouvé [...] en ta voie*** : qu'as-tu pu attraper [...] sur ton chemin.
10. ***Je m'animai*** : j'ai attaqué quelqu'un. C'est le signe de la folie de l'être possédé par l'amour.
11. ***Brèches*** : blessures. Les armes sont retournées par la proie restée indemne (le passant) contre celle qui les avait employées. Cette scène de chasse symbolise la naissance de l'état amoureux et les douleurs qui en naissent.

20.

Prédit me fut que devait fermement
Un jour aimer celui dont la figure
Me fut décrite [1] ; et sans autre peinture [2]
4 Le reconnus quand vis premièrement [3] ;

Puis le voyant aimer fatalement [4],
Pitié je pris de sa triste aventure ;
Et tellement je forçai ma nature
8 Qu'autant que lui aimai ardentement [5].

Qui n'eût pensé qu'en faveur devait croître
Ce que le ciel et destins firent naître [6] ?
11 Mais quand je vois si nubileux apprêts [7],

Vents si cruels et tant horrible orage,
Je crois qu'étaient les infernaux arrêts [8],
14 Qui de si loin m'ourdissaient [9] ce naufrage.

---

1. ***Celui*** est sujet du verbe ***devait.*** Ces trois premiers vers peuvent être compris de la manière suivante : on m'avait décrit celui qui allait s'éprendre de moi et c'est bien ce qui s'est passé.
2. ***Sans autre peinture*** : sans avoir de description plus précise à son propos.
3. ***Quand vis premièrement*** : quand je le vis pour la première fois.
4. ***Fatalement*** : en étant possédé par la passion amoureuse, sans être maître de lui-même.
5. ***Ardentement*** : ardemment, passionnément.
6. ***Qui n'eût pensé qu'en faveur devait croître/ Ce que le ciel et destins firent naître ?*** : aurait-on pu imaginer autre chose qu'un avenir radieux aux sentiments créés par Dieu et le destin ? Ces deux vers montrent le retournement inattendu de la situation : le *je* poétique se trouve finalement souffrir autant que le bien-aimé auquel elle voulait généreusement venir en aide. La douleur contamine les deux amants. La rime associe « croître » et « naître » dont les prononciations rimaient à l'époque.
7. ***Quand je vois si nubileux apprêts*** : quand je vois approcher des nuages si menaçants.
8. ***Qu'étaient les infernaux arrêts*** : que c'étaient les décisions venues des Enfers.
9. ***Ourdissaient*** : tramaient, préparaient.

21.

Quelle grandeur rend l'homme vénérable [1] ?
Quelle grosseur ? quel poil [2] ? quelle couleur ?
Qui est des yeux le plus emmielleur [3] ?
Qui fait plus tôt une plaie incurable ?

Quel chant est plus à l'homme convenable ?
Qui plus pénètre en chantant sa douleur ?
Qui un doux luth fait encore meilleur ?
Quel naturel est le plus amiable [4] ?

Je ne voudrais le dire assurément,
Ayant Amour forcé [5] mon jugement ;
Mais je sais bien et de tant je m'assure

Que tout le beau que l'on pourrait choisir
Et que tout l'art qui aide la nature [6]
Ne me sauraient accroître mon désir.

---

1. ***Vénérable*** : qui inspire le respect.
2. ***Poil*** : chevelure.
3. ***Emmielleur*** : dont la beauté est un piège.
4. ***Amiable*** : aimable (voir note 7, p. 130).
5. ***Forcé*** : contraint, faussé.
6. ***L'art qui aide la nature*** : les embellissements, les habits et les produits cosmétiques qu'on peut utiliser pour rehausser la beauté naturelle.

22.

Luisant Soleil, que tu es bienheureux,
De voir toujours de t'Amie la face [1] ;
Et toi, sa sœur qu'Endymion embrasse [2],
Tant te repais [3] de miel amoureux.

Mars [4] voit Vénus ; Mercure aventureux
De ciel en ciel [5], de lieu en lieu se glasse [6] ;
Et Jupiter remarque en maintes places
Ses premiers ans plus gais et chaleureux [7].

Voilà du ciel la puissante harmonie
Qui les esprits divins ensemble lie ;
Mais s'ils avaient ce qu'ils aiment lointain,

---

1. ***De t'Amie la face*** : le visage de ta bien-aimée. Le vers fait référence à la légende de la déesse Clytie : affligée d'avoir été délaissée par Apollon qui lui préféra sa sœur Diane, elle se transforma en tournesol qui toujours se dirige vers le soleil, image d'Apollon.

2. Il s'agit d'une référence à Diane (sœur d'Apollon) qui s'éprit d'Endymion. Il avait la particularité d'être plongé dans un sommeil constant qui le maintenait éternellement jeune.

3. ***Te repais*** : tu te délectes, tu savoures.

4. ***Mars*** est le dieu de la guerre ; ***Vénus*** est la déesse de l'amour ; ***Mercure*** est le dieu du commerce et des voyages ; ***Jupiter*** (v. 7) est le roi des dieux, maître de l'Olympe.

5. ***De ciel en ciel*** : référence à la conception astronomique en vigueur à la Renaissance. On pensait que l'univers était formé par des sphères concentriques autour de la Terre. Ces sphères étaient appelées des « ciels ».

6. ***Se glasse*** : se glisse.

7. Les vers 7-8 insistent sur le tempérament séducteur de Jupiter qui entretient son état d'éternelle jeunesse, à l'image d'Endymion évoqué plus haut : même si ses conquêtes amoureuses se succèdent (« maintes places », les différentes circonstances dans lesquelles il est tombé amoureux), il sent toujours la légèreté et l'ardeur de sa jeunesse (« Ses premiers ans »).

Leur harmonie et ordre irrévocable
Se tournerait en erreur variable [1],
Et comme moi travailleraient [2] en vain.

---

1. ***En erreur variable*** : en une disposition changeante des astres. L'adjectif doit être prononcé avec une diérèse.
2. ***Travailleraient*** : souffriraient.

23.

Las[1] ! que me sert que si parfaitement
Louas[2] jadis et ma tresse dorée
Et de mes yeux la beauté comparée
À deux soleils dont Amour finement[3]

Tira les traits causes de ton tourment[4] ?
Où êtes-vous, pleurs de peu de durée ?
Et Mort par qui devait être honorée
Ta ferme amour[5] et itéré serment[6] ?

Doncques c'était le but de ta malice
De m'asservir sous ombre de service[7] ?
Pardonne-moi, Ami, à cette fois,

Étant outrée et de dépit et d'ire[8] ;
Mais je m'assur'[9], quelque part que tu sois[10],
Qu'autant que moi tu souffres de martyre.

---

1. ***Las*** : hélas.

2. ***Louas*** : tu louas, tu fis l'éloge (de ma tresse… et de la beauté de mes yeux…).

3. ***Finement*** : sournoisement, avec malignité.

4. ***Tira les traits causes de ton tourment*** : tira les flèches (jaillies de mes yeux) qui causèrent ta souffrance amoureuse.

5. ***Ta ferme amour*** : la solidité de ton amour (ici, « ferme » est un adjectif). Le nom « amour » pouvait être indifféremment masculin ou féminin dans la langue de la Renaissance.

6. ***Itéré serment*** : ta promesse répétée.

7. ***Sous ombre de service*** : sous prétexte de m'aimer.

8. ***De dépit et d'ire*** : de déception et de colère.

9. ***Je m'assur'*** : je suis sûre. La voyelle finale est supprimée pour respecter le décasyllabe.

10. ***Quelque part que tu sois*** : où que tu sois.

24.

Ne reprenez, Dames [1], si j'ai aimé,
Si j'ai senti mille torches ardentes,
Mille travaux [2], mille douleurs mordantes,
4 Si en pleurant, j'ai mon temps consumé ;

Las [3] que mon nom n'en soit par vous blâmé.
Si j'ai failli, les peines sont présentes,
N'aigrissez point [4] leurs pointes violentes [5] ;
8 Mais estimez qu'Amour, à point nommé,

Sans votre ardeur d'un Vulcain excuser,
Sans la beauté d'Adonis accuser,
11 Pourra, s'il veut, plus vous rendre amoureuses [6]

En ayant moins que moi d'occasion [7],
Et plus d'étrange [8] et forte passion.
14 Et gardez-vous d'être plus malheureuses.

---

1. ***Ne reprenez, Dames*** : ne m'accablez pas de reproches, Mesdames.
2. ***Travaux*** : souffrances.
3. ***Las*** : hélas.
4. ***N'aigrissez point*** : n'aggravez pas.
5. ***Violentes*** doit être prononcé avec diérèse, en trois syllabes.
6. ***Mais estimez qu'Amour [...] rendre amoureuses*** : il s'agit d'une référence à Vénus qui fuit son époux Vulcain et qui tomba amoureuse d'Adonis. Il faut comprendre : « Songez qu'à tout moment le dieu Amour pourra, s'il le veut, vous rendre amoureuses sans que vous puissiez mettre cela sur le compte de la laideur de votre mari (semblable à celle de Vulcain) ou de la beauté de votre amant (semblable à celle d'Adonis). »
7. ***En ayant moins que moi d'occasion*** : pour des raisons moins fortes que les miennes.
8. ***Étrange*** : qui rend étranger à soi-même, qui aliène celle ou celui qui aime. Autrement dit, si Amour le désire, il pourra vous faire davantage souffrir, même si vous êtes moins amoureuses que moi.

DOSSIER

Se repérer dans les poèmes

Histoire de la langue et questions de grammaire

Le « Prologue » de Marie de France
et l'épître dédicatoire de Louise Labé

Explications de textes

Vers de femmes amoureuses
(groupement de textes n° 1)

Aux sources de la lutte pour l'émancipation des femmes
(groupement de textes n° 2)

Vers l'écrit du bac
(sujets d'entraînement)

Écrits d'appropriation

Se repérer dans les poèmes

Manuscrits et imprimés

Observez les reproductions des textes originaux proposées dans l'édition, puis répondez aux questions suivantes. Pour enrichir votre réflexion, vous pourrez consulter l'exposition en ligne de la Bibliothèque nationale de France : classes.bnf.fr/livre/index.htm.

1. Sur la gravure de Jan Van der Straet (p. 2 du cahier photos), analysez les différentes étapes de la production d'un livre imprimé en identifiant les tâches accomplies par chacun des personnages.

2. Comparez les contraintes propres à chaque système de copie (copie manuscrite ou imprimerie) : respect du texte original, place des illustrations, conditions et coûts de production.

3. Comment le marché littéraire mais aussi toute la diffusion du savoir ont-ils été révolutionnés par le passage du manuscrit à l'imprimerie ?

Le mystère autour de Louise Labé

Vous vous renseignerez sur la vie supposée de Louise Labé : son origine sociale, son éducation et ses liens avec les humanistes lyonnais autour des années 1550. Il existe un débat autour de son œuvre littéraire : de nombreux spécialistes, à partir des travaux de Mireille Huchon, avancent qu'elle ne serait pas véritablement la personne qui a rédigé les textes des *Œuvres*.
Pour aller plus loin dans cette réflexion, vous pouvez vous reporter à l'article d'Édouard Launet, « Louise Labé, femme trompeuse », publié dans *Libération* le 16 juin 2006 (www.liberation.fr/grand-angle/2006/06/16/louise-labe-femme-trompeuse_41395). Pour approfondir, vous pourrez également consulter la synthèse proposée sur le

site de la Société internationale pour l'étude des femmes de l'Ancien Régime (S.I.E.F.A.R.) : siefar.org/louise-labe/.

1. À partir de vos recherches sur la figure de Louise Labé, relevez trois arguments laissant penser que, si Louise Labé a réellement existé, il est peu probable qu'elle ait personnellement écrit les textes proposés ici. Pourquoi aurait-on choisi de les publier sous ce nom ? Identifiez plusieurs hypothèses possibles et dites qui les défend.

2. Réfléchissez ensuite aux questions suivantes :

- **a.** Pensez-vous qu'il y a un seul ou plusieurs auteurs pour les *Œuvres* ?
- **b.** Pourquoi ce secret est-il resté si bien caché ? À qui cette supercherie littéraire peut-elle profiter ?
- **c.** Que révèle cette affaire quant à la place des femmes dans le domaine littéraire à cette époque ?

Histoire de la langue et questions de grammaire

Appuyez-vous sur les reproductions des textes originaux (le manuscrit du « Prologue » de Marie de France et sa transcription, p. 44, ainsi que le fac-similé de l'élégie 1 et du sonnet 1 de Louise Labé, p. 100 et 122).

Histoire de la langue

1. En observant les fac-similés reproduits dans cette édition, relevez les changements graphiques, typographiques et syntaxiques que vous constatez par rapport à la langue contemporaine.

2. Quelles particularités rendent difficile le déchiffrage des textes ?

Grammaire

1. Le verbe : valeurs temporelles, aspectuelles, modales ; concordance des temps

1. Analysez l'emploi des temps verbaux dans le lai « Lanval » aux vers 580-588, lorsque la fée se présente devant la cour du roi Arthur. Montrez comment l'emploi des temps verbaux peut surprendre.

2. Analysez l'effet produit par l'emploi du présent de narration et du passé composé aux vers 585-587.

2. Les relations au sein de la phrase complexe

1. Observez les accords syntaxiques dans le vers 15 de la première élégie et dans le vers 27 de la deuxième élégie de Louise Labé. Qu'en déduisez-vous quant au mot « amour » dans la langue de la Renaissance ?

2. Sur quels indices syntaxiques vous êtes-vous appuyé(e) ? Expliquez en justifiant les accords dans ces énoncés.

3. La syntaxe des propositions subordonnées relatives

1. Relevez les propositions relatives dans les vers 9-16 du « Prologue » de Marie de France et dans la première phrase de l'épître de Louise Labé. Peut-on identifier un antécédent pour chacune des relatives ?

2. Identifiez le temps, le mode et la personne du verbe « erres » au début du sonnet 5. Comment justifiez-vous le « s » final d'un point de vue syntaxique ?

4. Le lexique

Rendez-vous sur le site Internet du *Trésor de la langue française* (atilf.atilf.fr/tlf.htm) pour y lire l'article « Dame ».

Quelle évolution percevez-vous entre ses valeurs inspirées de l'amour courtois médiéval et les sens usuels : « personne adulte du sexe féminin » et « femme mariée et, par extension, d'un certain âge » ?

Le « Prologue » de Marie de France et l'épître dédicatoire de Louise Labé

Des interlocuteurs clairement identifiés et sollicités

1. Identifiez à qui ces textes sont adressés : quel est le statut social de la personne destinataire de chaque texte ? Quels types de liens percevez-vous entre celle-ci et la poétesse ?

2. Renseignez-vous sur les liens entre les auteurs et les personnages puissants sous l'Ancien Régime (rois et reines, princes, aristocrates), puis expliquez-les en quelques phrases.

Une justification des enjeux de chaque œuvre

1. À la lumière de ces textes liminaires, quelle portée les poétesses donnent-elles à leur œuvre ? Essayez de préciser quelles finalités elles poursuivent par leur rédaction.

2. Quel rôle Marie de France et Louise Labé s'attribuent-elles ? Quelles images utilisent-elles pour l'illustrer ?

3. En vous renseignant sur le monde de l'édition aujourd'hui, dites qui sont les partenaires privilégiés des écrivains dans le processus de publication. D'où tirent-ils leurs revenus ?

Explications de textes

EXPLICATION LINÉAIRE N° 1 : Marie de France, « Bisclavret » (p. 54, v. 145-174)

Cet extrait constitue un moment important du récit : prisonnier de son apparence bestiale, Bisclavret est capturé vivant par le roi lors d'une chasse. Contre toute attente, la bête cesse toute agressivité, témoigne de sa soumission au roi, qui décèle en elle une créature digne d'être épargnée et de faire partie de son entourage. La fin du lai donnera raison à l'intuition bienveillante du roi.

Vous montrerez comment ce passage développe une association inattendue entre la bestialité soumise de Bisclavret et la sagesse royale.

Premier mouvement (v. 145-150)

Vous pourrez étudier l'expression de la soumission spontanée de Bisclavret au roi à travers le contraste entre des gestes brusques et des signes de respect et de soumission.

Deuxième mouvement (v. 151-160)

Vous pourrez montrer que le discours du roi témoigne de sa clairvoyance et de sa bienveillance à l'égard de ceux qui se soumettent à lui. L'expression de l'éloge de la créature et les phrases injonctives traduisent la protection accordée par le roi ainsi que la capacité qu'il a de s'entourer d'êtres merveilleux à son service

Troisième mouvement (v. 161-174)

Enfin, vous pourrez mettre en évidence la manière dont la cour royale s'enrichit de cet allié inattendu et prodigieux.

EXPLICATION LINÉAIRE N° 2 : Marie de France, « Lanval » (p. 64-65, v. 80-106)

Vous aborderez ce texte afin de faire ressortir la manière dont est mise en valeur l'apparition de la fée. Dans quelle mesure ce passage permet-il à Lanval d'entrer en contact avec le merveilleux ? Comment ce moment est-il théâtralisé afin de frapper le lecteur ?
Vous analyserez ensuite la composition de l'extrait. Comment la description s'organise-t-elle ? Montrez qu'elle suit une progression de l'extérieur (la caractérisation de la tente) vers l'intérieur (la rencontre et le portrait de la fée).

Premier mouvement (v. 80-92)

Vous pourrez étudier la manière dont la splendeur de la tente est mise en valeur ; pour ce faire, vous porterez votre attention sur les comparaisons et les constructions négatives, en interprétant leur portée.

Second mouvement (v. 93-106)

Vous remarquerez que les négations ont disparu : désormais, le texte constate et insiste sur la présence du merveilleux. Il ne s'agit plus d'évoquer un objet inanimé, mais un personnage vivant, fascinant (à l'image de son splendide abri) et sensuel.

EXPLICATION LINÉAIRE N° 3 : Louise Labé, sonnet 8 (p. 131)

Ce poème, souvent appelé le « sonnet des antithèses » en raison de sa construction autour de ce procédé d'écriture, fait partie des plus connus de Louise Labé.
Vous montrerez comment les antithèses des quatrains développent les effets opposés de l'amour. Vous vous attacherez ensuite à mettre

en évidence la manière dont les tercets illustrent la soumission au destin imposé par le dieu Amour.

Dans le cadre de l'entraînement à la lecture expressive, vous vous efforcerez de faire entendre le balancement dans les oppositions, qu'elles soient placées sur une moitié de vers (v. 1) ou sur un vers entier (v. 2). En outre, il est souhaitable de faire entendre la brièveté des énoncés qui correspondent à un vers chacun dans les vers 2 à 8, alors qu'ils ne forment paradoxalement qu'une seule phrase.

Pour prolonger ce travail, vous pourrez lire un autre « sonnet des antithèses », forme récurrente à la Renaissance, comme le sonnet 12 des *Amours* de Ronsard : « J'espère et crains, je me tais et supplie » (Flammarion, coll. « Étonnants Classiques », 2017, p. 48).

Vers de femmes amoureuses

(groupement de textes n° 1)

Les autrices se sont illustrées sur les mêmes sujets littéraires que les auteurs, manière pour elles de montrer leurs talents, dans le cadre de l'émulation [1] que préconise l'épître liminaire de Louise Labé. La poésie amoureuse, champ déterminant dans la quête de gloire des auteurs masculins, est autant prisée dans les œuvres des femmes. Pour elles, il s'agit alors de renouveler le propos sur l'amour en bouleversant l'énonciation. Les caractéristiques amoureuses sont renversées : le point de vue est féminin, l'être célébré est masculin – parfois féminin, dans le texte de Sapphô ci-après –, ce qui permet d'enrichir la palette amoureuse des sentiments et des sensations exposés dans les poèmes.

1. ***Émulation*** : rivalité, concurrence.

Sapphô, « Le Désir » (VIIe-VIe siècle av. J.-C)

Sapphô est la plus célèbre poétesse grecque de l'Antiquité, connue pour ses poèmes sur l'amour et son évocation brûlante du trouble amoureux. Elle fut par ailleurs une artiste accomplie, initiant des jeunes filles issues de familles nobles aux arts (chant, danse, poésie, lyre). Louise Labé se réfère à elle comme modèle. Nous ne connaissons plus que quelques fragments poétiques de l'œuvre de Sapphô, dont celui-ci, troué et inachevé, qui évoque une femme désirée.

Il m'éblouit, il goûte le bonheur des dieux cet homme qui devant toi prend place et près de toi écoute, captivé, la douceur de ta voix.

Ah ! ce désir d'aimer qui passe dans ton rire. Et c'est bien pour cela qu'un spasme étreint mon cœur dans ma poitrine. Car si je te regarde, même un instant, je ne puis parler.

Mais d'abord ma langue est brisée, un feu subtil soudain a couru en frisson sous ma peau, mes yeux ne me laissent plus voir, un sifflement tournoie dans mes oreilles.

Une sueur glacée couvre mon corps, et je tremble, tout entière possédée, et je suis plus verte que l'herbe. Me voici presque morte, je crois.

Mais il faut tout risquer… puisque…

Sapphô, *Odes et fragments*, trad. Y. Battistini,

Christine de Pizan [1], *Le Livre du Duc des vrais amants* (1403-1405)

Le Livre du Duc des vrais amants est une œuvre narrative dans laquelle sont insérés de nombreux fragments en vers. Un jeune duc fait l'expérience des variations de l'amour avant de se résoudre à se séparer définitivement de sa bien-aimée.

1. Pour une présentation de Christine de Pizan, voir p. 21.

« La rencontre »

Ballade écrite par le Duc (v. 607-634)

Très digne fleur, ma dame souveraine,
De tout honneur et valeur la déesse
De beauté, sagesse et bonté, fontaine,
Toi qui es pour moi le chemin et le guide
Qui mènent à valeur [1], et qui diriges
Ma vie, Dame dont je suis l'homme lige [2],
Le très humble serf, ma douce maîtresse,
Je m'engage à vous servir toute ma vie.

Je le dois, belle de douceur pleine,
Douce entre toutes, et votre dignité
Me servira d'exemple. Déjà elle me mène
Au port d'honneur et de félicité.
Et ce doux plaisir me garde toujours
Joyeux, ma dame. C'est pourquoi je dis
De tout mon cœur, malgré ma naïveté,
Je m'engage à vous servir toute ma vie.

Un jour viendra, vous en serez certaine,
Quand vous verrez, digne et noble duchesse,
Combien mon cœur à vous servir se peine.
Je serai alors pleinement comblé
Quand vous saurez que toujours, sans faiblir,
J'obéirai, Dame, arbre et racine
De tout honneur, droit chemin de valeur.
Je m'engage à vous servir toute ma vie.

---

1. ***Valeur*** : ici, la vertu, la sagesse, la conformité aux mœurs sociales et religieuses. Le terme original du manuscrit (*vaillance*) désigne un idéal d'humanité qui rassemble toutes les valeurs attendues d'un homme.

2. ***Dont je suis l'homme lige*** : à qui je suis entièrement dévoué, comme le vassal à l'égard de son suzerain.

Digne princesse, et de haute noblesse,
Pour mon bonheur à vous aimer j'appris,
Car je gagne en valeur. Et sans hardiesse,
Je m'engage à vous servir toute ma vie.

« Le bonheur d'aimer »

Ballade écrite par la Dame (v. 3097-3124)

Bénis soient la journée,
Le lieu, l'endroit, le séjour,
Ami, où je fus amenée,
Car j'ai tardé trop de jours,
À vous donner
Tout mon amour. Ami, don plus beau n'ai !
Loué soit Amour pour son entreprise
Car la joie que j'en reçois est exquise.

Et pour m'être alors donnée
À qui met pour moi son ardeur
En tout honneur, bien fortunée
Je serai, à la bonne heure !
J'ai bien gagné
À l'aimer. Et si je lui ai parlé
Pour son mal adoucir, c'est sans méprise,
Car la joie que j'en reçois est exquise.

Ce fut une heureuse année,
Ami, que Dieu me secoure,
Car charmante destinée
Fit que tout plaisir je savoure.
Je réparais
Par bonheur le mal que je causais
Jadis en vous : la récompense m'est acquise
Car la joie que j'en reçois est exquise.

Quand je m'adonnai
À vous aimer, mon cœur j'abandonnai
À tous plaisirs sans m'être compromise,
Car la joie que j'en reçois est exquise.

Christine de Pizan, *Le Livre du Duc des vrais amants*,
trad. D. Demartini et D. Lechat, © Éditions Honoré Champion,
coll. « Classiques français du Moyen Âge », 2013, p. 168-171 et 326-329.

Catherine Des Roches, « Sonnet XXVI de Charite à Sincero » (1579)

Catherine Des Roches (1542-1587) et sa mère Madeleine sont deux poétesses contemporaines de Louise Labé. Catherine fut élevée dans l'attention aux lettres et à la poésie. Elles ont longtemps tenu à Poitiers un salon littéraire (1570-1587) rassemblant artistes et poètes, avant que mère et fille meurent de la peste le même jour, à quelques heures d'intervalle. Dans ce poème tiré d'un recueil où une femme nommée Charite et un homme nommé Sincero prennent alternativement la parole, la femme explique à son bien-aimé qu'il faut séparer l'amour des préoccupations sérieuses ou quotidiennes, et qu'il est profitable de ne pas tout sacrifier à la passion amoureuse.

Jamais mon Sincero, je ne prendrai plaisir
De vous assujettir [1] à des lois rigoureuses.
Ha ! vraiment je hais trop ces âmes langoureuses
Qui sans cause d'espoir renforcent leur désir.

1. ***Assujettir*** : contraindre, asservir.

Je vous saurai bon gré, s'il vous plaît, de choisir
Le temps le plus commode aux œuvres sérieuses ;
Mais ne me racontez vos plaintes amoureuses
Sinon quand vous serez aux heures de loisir.

La plus grand part du temps demeurez à l'étude,
Puis quand vous serez las de votre solitude,
De raisonner en vous, et de penser en moi,

Allez voir le Palais, et la paume [1], et l'escrime
Et les Dames d'honneur, de vertu, et d'estime,
Gardant toujours l'amour, l'espérance, et la foi.

Catherine Des Roches, « Sonnet XXVI de Charite à Sincero ».
Texte en ligne sur le site « Le Deuxième texte »,
texte modernisé par Caroline Trotot.

Marceline Desbordes-Valmore, « Louise Labé » (1833)

Marceline Desbordes-Valmore (1786-1859) fut comédienne et cantatrice avant de construire une œuvre poétique. Sa vie fut marquée par des épreuves personnelles : elle eut cinq enfants dont quatre moururent très jeunes, et ses mariages ne furent pas heureux. Elle vécut à Lyon avec un mari qu'elle n'aimait pas, ce qui lui suggéra une analogie avec les poèmes d'amour meurtri de Louise Labé, qui vécut dans la même ville. Dans ce passage, qui constitue la fin du poème, le *tu* désigne Louise Labé que Marceline Desbordes-Valmore célèbre et à qui elle associe ses propres tourments.

1. ***Paume*** : ancêtre du tennis.

Mais l'amour ! oh ! l'amour se venge d'être esclave.
Fièvre des jeunes cœurs, orage des beaux jours,
Qui consume la vie et la promet toujours,
Indompté sous les nœuds qui lui servent d'entrave,
Oh ! l'invisible amour circule dans les airs,
Dans les flots, dans les fleurs, dans les songes de l'âme,
Dans le jour qui languit trop chargé de sa flamme,
Et dans les nocturnes concerts !

Et tu chantas l'amour ; ce fut ta destinée ;
Belle ! et femme ! et naïve, et du monde étonnée,
De la foule qui passe évitant la faveur,
Inclinant sur ton fleuve un front tendre et rêveur,
Louise ! tu chantas. À peine de l'enfance
Ta jeunesse hâtive eut perdu les liens,
L'amour te prit sans peur, sans débats, sans défense ;
Il fit tes jours, tes nuits, tes tourments et tes biens !

Et toujours par ta chaîne au rivage attachée,
Comme une nymphe [1] triste au milieu des roseaux,
Des roseaux à demi cachée,
Louise ! tu chantas dans les fleurs et les eaux.

De cette cité sourde, oh ! que l'âme est changée !
Autrefois tu charmais l'oreille des pasteurs ;
Autrefois, en passant, d'humbles navigateurs
Suspendaient à ta voix la rame négligée,
Et recueillant dans l'air ton rire harmonieux,
Comme un écho fuyant on les entendait rire ;
Car sous tes doigts ingénieux,
Le luth ému disait tout ce qu'il voulait dire !

1. ***Nymphe*** : divinité de la nature.

Tout ce que tu voyais de beau dans l'univers,
N'est-ce pas ? comme au fond de quelque glace pure,
Coulait dans ta mémoire et s'y gravait en vers ?
Oui ! l'âme poétique est une chambre obscure
Où s'enferme le monde et ses aspects divers !

Marceline Desbordes-Valmore, « Louise Labé », *Les Pleurs*, GF-Flammarion, 2019, p. 156-157, v. 68-100.

Questions sur le groupement de textes n° 1

1. Dans l'éloge de l'être aimé, percevez-vous davantage de traits physiques ou de traits moraux ? Pouvez-vous émettre une hypothèse qui le justifie ?

2. Vous vous constituerez une anthologie de quelques poèmes amoureux écrits par des auteurs masculins. En vous appuyant sur ceux des poétesses qui sont cités ici, vous expliquerez si vous percevez une différence dans l'évocation de l'état amoureux, en vous référant précisément aux poèmes. Les formes poétiques, les éloges des beautés et des mérites de l'être aimé, les tons employés, les émotions provoquées par l'amour vous semblent-ils proches ?

Aux sources de la lutte pour l'émancipation des femmes

(groupement de textes n° 2)

La quête pour la reconnaissance et les droits des femmes a donné lieu à une abondante production littéraire, et à des condamnations vives et nombreuses. Ces textes de combat visent à ébranler les rigidités des lois et des mœurs qui assignent à la femme une condition défavorable et opprimée. C'est l'occasion de sentir combien des questions actuelles sont enracinées dans une longue histoire de conquête et de discours enflammés.

Christine de Pizan, *La Cité des Dames* (1405)

Christine de Pizan (vers 1364-1430) est une figure capitale de la défense des femmes. Aristocrate née à Venise, d'une immense érudition, elle devint veuve à vingt-trois ans. Elle vécut de sa plume afin de subvenir aux besoins de ses trois enfants, ce qui est exceptionnel pour son époque.
Dans ce livre qui marque une étape décisive dans l'histoire du féminisme, l'autrice décrit l'apparition de trois femmes envoyées par Dieu et incarnant Raison, Droiture et Justice : elles lui demandent la construction allégorique d'une cité idéale protégeant et valorisant les mérites des femmes. Dans le passage qui suit, la narratrice, nommée Christine comme l'autrice, dialogue avec Droiture.

Où l'on réfute ceux qui affirment qu'il n'est pas bon que les femmes fassent des études

[...] [J]e m'étonne fort de l'opinion avancée par quelques hommes qui affirment qu'ils ne voudraient pas que leurs femmes fassent des études, de peur que leurs mœurs s'en trouvent corrompues [1].

Elle me répondit : « Cela te montre bien que les opinions des hommes ne sont pas toutes fondées sur la raison, car ceux-ci ont bien tort. On ne saurait admettre que la connaissance des vertus morales, lesquelles enseignent précisément la vertu, corrompe les mœurs. Il est hors de doute, au contraire, qu'elle les améliore et les ennoblit. Comment pourrait-on penser ou croire que celle qui suit un bon enseignement et une bonne doctrine puisse en être corrompue ? Cela est inconcevable et inadmissible. Je ne dis pas qu'il soit bon qu'un homme ou une femme s'adonne à l'art de la sorcellerie ou aux sciences interdites, car ce n'est pas sans raison que la sainte Église en a défendu la pratique. Mais que la connaissance du bien corrompe les femmes, c'est ce que l'on ne saurait admettre. [...]

C'est un fait que tous les hommes, et en particulier ceux parmi eux qui sont les plus instruits, ne partagent pas l'opinion évoquée plus haut, et qui voudraient que l'éducation des femmes soit un mal. Il est bien vrai cependant que parmi les moins instruits, bon nombre y souscrivent, car il leur déplairait que des femmes soient plus savantes qu'eux. Ton père, grand astronome et philosophe, ne pensait pas que les sciences puissent corrompre les femmes ; il se réjouissait au contraire – tu le sais bien – de voir tes dispositions pour les lettres. Ce sont les préjugés féminins de ta mère qui t'ont empêchée, dans ta jeunesse, d'approfondir et d'étendre tes connaissances car elle voulait te confiner dans les travaux de l'aiguille qui sont l'occupation coutumière des femmes. Mais comme dit le proverbe déjà cité : "Chassez le naturel, il revient au galop". Quelque opposition que fît ta mère à ton penchant pour l'étude, elle ne put empêcher que tes dispositions naturelles n'en récoltent quelques gouttelettes. Je ne pense pas que tu crois avoir été corrompue par ton savoir, mais que tu l'estimes, au contraire, comme un grand trésor. Et, en cela,

1. ***Que leurs mœurs s'en trouvent corrompues*** : que leur morale soit pervertie, qu'elles en deviennent moins vertueuses et respectables.

tu as bien raison. » Alors moi, Christine, je lui répondis : « Ma dame, ce que vous dites là est aussi vrai que l'Évangile. »

Christine de Pizan, *La Cité des Dames*, trad. Th. Moreau et É. Hicks,

deuxième livre, chap. 36, p. 178-180.

François Poullain de La Barre, *De l'égalité des deux sexes* (1673)

François Poullain de La Barre (1647-1723) a proposé une réflexion sur le regard porté sur les individus selon leur sexe. Son traité montre que l'infériorité prétendue des femmes repose sur des préjugés. Ce n'est qu'en se détournant de ceux-ci qu'on peut devenir sensible à l'égalité entre hommes et femmes.

Il est certain qu'un homme qui se mettrait en cet état d'indifférence et de désintéressement reconnaîtrait d'une part que c'est le peu de lumière et la précipitation qui font tenir que les femmes sont moins nobles et moins excellentes que nous, et que c'est quelques indispositions naturelles qui les rendent sujettes aux défauts et aux imperfections qu'on leur attribue, et méprisables à tant de gens. Et de l'autre part, il verrait que les apparences mêmes qui trompent le peuple sur leur sujet, lorsqu'il les passe légèrement [1], serviraient à le détromper s'il les approfondissait un peu. Enfin, si cet homme était philosophe, il trouverait qu'il y a des raisons physiques qui prouvent invinciblement que les deux sexes sont égaux pour le corps et pour l'esprit.

Mais comme il n'y a pas beaucoup de personnes en état de pratiquer eux seuls cet avis, il demeurerait inutile si on ne prenait la peine

1. ***Lorsqu'il les passe légèrement*** : lorsqu'il fait l'effort de dépasser ses préjugés, lorsqu'il prend du recul.

de travailler avec eux pour les aider à s'en servir, et parce que l'opinion de ceux qui n'ont point d'étude est la plus générale, c'est par elle qu'il faut commencer notre examen.

Si l'on demande à chaque homme en particulier ce qu'il pense des femmes en général et qu'il le veuille avouer sincèrement, il dira sans doute qu'elles ne sont faites que pour nous et qu'elles ne sont guère propres qu'à élever les enfants dans leur bas âge, et à prendre le soin du ménage. Peut-être que les plus spirituels ajouteraient qu'il y a beaucoup de femmes qui ont de l'esprit et de la conduite, mais que si l'on examine de près celles qui en ont le plus, on y trouvera toujours quelque chose qui sent leur sexe [1] ; qu'elles n'ont ni fermeté ni arrêt [2], ni le fond d'esprit qu'ils croient reconnaître dans le leur, et que c'est un effet de la providence divine et de la sagesse des hommes de leur avoir fermé l'entrée des sciences, du gouvernement et des emplois ; que ce serait une chose plaisante de voir une femme enseigner, dans une chaire [3], l'éloquence ou la médecine en qualité de professeur, marcher par les rues suivie de commissaires et de sergents pour y mettre la police, haranguer [4] devant les juges en qualité d'avocat, être assise sur un tribunal pour y rendre justice, à la tête d'un parlement, conduire une armée, livrer une bataille et parler devant les républiques ou les princes comme chef d'une ambassade.

François Poullain de La Barre, *De l'égalité des deux sexes*, Éditions Gallimard, coll. « Folio », 2015, p. 23-24.

---

1. ***Qui sent leur sexe*** : qui témoigne de leur appartenance au sexe féminin.
2. ***Arrêt*** : qualité d'une personne déterminée, digne de confiance.
3. ***Chaire*** : tribune sur laquelle se tient un professeur qui enseigne dans une école ou une université. Par extension, désigne un poste d'enseignant.
4. ***Haranguer*** : discourir, s'exprimer avec éloquence.

Madame du Châtelet, *Discours sur le bonheur* (1779)

Émilie du Châtelet (1706-1749) fut une grande savante, mathématicienne et physicienne. Elle fut la première femme à publier un traite scientifique validé par l'Académie des sciences et à traduire en français un ouvrage extrêmement difficile d'Isaac Newton, les *Principes mathématiques de la philosophie naturelle* (1687). Dans ce passage qui interroge les formes du bonheur auxquelles les femmes peuvent aspirer, elle explique combien l'activité savante, « l'étude », est primordiale pour l'épanouissement de leur esprit.

[...] [L]'amour de l'étude est de toutes les passions celle qui contribue le plus à notre bonheur. Dans l'amour de l'étude se trouve renfermée une passion dont une âme élevée n'est jamais entièrement exempte, celle de la gloire ; il n'y a même que cette manière d'en acquérir pour la moitié du monde [1], et c'est cette moitié justement à qui l'éducation en ôte les moyens, et en rend le goût impossible.

Il est certain que l'amour de l'étude est bien moins nécessaire au bonheur des hommes qu'à celui des femmes. Les hommes ont une infinité de ressources pour être heureux, qui manquent entièrement aux femmes. Ils ont bien d'autres moyens d'arriver à la gloire, et il est sûr que l'ambition de rendre ses talents utiles à son pays et de servir ses concitoyens, soit par son habileté dans l'art de la guerre, ou par ses talents pour le gouvernement, ou les négociations, est fort au-dessus de celle qu'on peut se proposer pour l'étude ; mais les femmes sont exclues, par leur état, de toute espèce de gloire, et quand, par hasard, il s'en trouve quelqu'une qui est née avec une âme assez élevée, il ne lui reste que l'étude pour la consoler de toutes

1. ***La moitié du monde*** : les femmes. Mme du Châtelet explique ici que, contrairement aux hommes (qui peuvent s'illustrer dans l'art de la guerre, dans la politique ou grâce au métier qu'ils exercent), les femmes ne peuvent atteindre la gloire que par l'étude.

les exclusions et de toutes les dépendances auxquelles elle se trouve condamnée par état.

Mme du Châtelet, *Discours sur le bonheur*, dans *L'Art d'être heureux*, Flammarion, coll. « Étonnants Classiques », 2017, p. 58-59.

Olympe de Gouges, *Déclaration des droits de la femme et de la citoyenne* (1791)

Olympe de Gouges (1748-1793) naquit à Montauban dans une famille modeste. À l'âge de vingt ans, mère d'un garçon et alors qu'elle s'ennuyait dans son existence provinciale et bourgeoise, elle s'enfuit du domicile conjugal pour gagner Paris, où elle rêvait de se faire un nom en tant que femme de lettres. Elle se lança dans l'écriture afin de lutter pour l'égalité des droits, qu'il s'agisse des esclaves noirs dans son drame *Zamore et Mirza ou l'Esclavage des Noirs* (1784, joué à la Comédie-Française) ou des femmes dans sa *Déclaration des droits de la femme et de la citoyenne* (1791), récriture polémique du texte fondateur qui négligeait le sexe féminin. Royaliste, elle fut arrêtée par le pouvoir révolutionnaire et mourut guillotinée pour avoir manifesté son soutien à Louis XVI et Marie-Antoinette, qu'elle proposa de défendre devant le tribunal.

Déclaration des droits de la femme et de la citoyenne

Les droits de la femme

Homme, es-tu capable d'être juste ? C'est une femme qui t'en fait la question ; tu ne lui ôteras pas du moins ce droit. Dis-moi ? Qui t'a donné le souverain empire d'opprimer mon sexe ? ta force ? tes talents ? Observe le Créateur dans sa sagesse ; parcours la nature dans toute sa grandeur, dont tu sembles vouloir te rapprocher, et donne-moi, si tu l'oses, l'exemple de cet empire tyrannique.

Remonte aux animaux, consulte les éléments, étudie les végétaux, jette enfin un coup d'œil sur toutes les modifications de la matière organisée ; et rends-toi à l'évidence quand je t'en offre les moyens ; cherche, fouille et distingue, si tu peux, les sexes dans l'administration de la nature. Partout tu les trouveras confondus, partout ils coopèrent avec un ensemble harmonieux à ce chef-d'œuvre immortel.

L'homme seul s'est fagoté un principe de cette exception. Bizarre, aveugle, boursouflé de sciences et dégénéré, dans ce siècle de lumières et de sagacité, dans l'ignorance la plus crasse, il veut commander en despote sur un sexe qui a reçu toutes les facultés intellectuelles ; il prétend jouir de la Révolution, et réclamer ses droits à l'égalité, pour ne rien dire de plus. [...]

Postambule

Femme, réveille-toi ; le tocsin [1] de la raison se fait entendre dans tout l'univers ; reconnais tes droits. Le puissant empire de la nature n'est plus environné de préjugés, de fanatisme, de superstition et de mensonges. Le flambeau de la vérité a dissipé tous les nuages de la sottise et de l'usurpation. L'homme esclave a multiplié ses forces, a eu besoin de recourir aux tiennes pour briser ses fers. Devenu libre, il est devenu injuste envers sa compagne. Ô femmes ! Femmes, quand cesserez-vous d'être aveugles ? Quels sont les avantages que vous avez recueillis dans la Révolution ? Un mépris plus marqué, un dédain [2] plus signalé. Dans les siècles de corruption vous n'avez régné que sur la faiblesse des hommes. Votre empire est détruit ; que vous reste-t-il donc ? La conviction des injustices de l'homme. La réclamation de votre patrimoine, fondée sur les sages décrets de la nature ; qu'auriez-vous à redouter pour une si belle entreprise ? Le

1. ***Tocsin*** : sonnerie de cloche pour donner l'alarme.
2. ***Dédain*** : arrogance, mépris.

bon mot du législateur des noces de Cana [1] ? Craignez-vous que nos législateurs français, correcteurs de cette morale, longtemps accrochée aux branches de la politique, mais qui n'est plus de saison, ne vous répètent : « Femmes, qu'y a-t-il de commun entre vous et nous ? » Tout, auriez-vous à répondre. S'ils s'obstinent, dans leur faiblesse, à mettre cette inconséquence en contradiction avec leurs principes ; opposez courageusement la force de la raison aux vaines prétentions de supériorité ; réunissez-vous sous les étendards de la philosophie ; déployez toute l'énergie de votre caractère, et vous verrez bientôt ces orgueilleux, non serviles adorateurs rampants à vos pieds, mais fiers de partager avec vous les trésors de l'Être Suprême. Quelles que soient les barrières que l'on vous oppose, il est en votre pouvoir de les affranchir ; vous n'avez qu'à le vouloir. Passons maintenant à l'effroyable tableau de ce que vous avez été dans la société ; et puisqu'il est question, en ce moment, d'une éducation nationale, voyons si nos sages législateurs penseront sainement sur l'éducation des femmes.

Les femmes ont fait plus de mal que de bien. La contrainte et la dissimulation ont été leur partage. Ce que la force leur avait ravi, la ruse leur a rendu ; elles ont eu recours à toutes les ressources de leurs charmes, et le plus irréprochable ne leur résistait pas. Le poison, le fer, tout leur était soumis ; elles commandaient au crime comme à la vertu. Le gouvernement français, surtout, a dépendu, pendant des siècles, de l'administration nocturne des femmes ; le cabinet n'avait point de secret pour leur indiscrétion [2] ; ambassade, commandement, ministère, présidence, pontificat, cardinalat ; enfin tout ce qui

1. ***Noces de Cana*** : épisode biblique qui raconte la transformation de l'eau en vin par Jésus dans l'Évangile selon saint Jean. Marie indique à Jésus que le vin va manquer pour la noce. Dans certaines traductions, Jésus répond par la phrase « Qu'avons-nous de commun en cette affaire ? », à laquelle se réfère ici, de manière polémique, la phrase suivante.

2. La phrase indique que, même si les femmes ne sont pas officiellement au pouvoir, toutes les informations politiques, même les plus confidentielles, reviennent à leurs oreilles.

caractérise la sottise des hommes, profane et sacré, tout a été soumis à la cupidité et à l'ambition de ce sexe autrefois méprisable et respecté, et depuis la révolution, respectable et méprisé.

Olympe de Gouges, dans *Femme, réveille-toi !*, Éditions Gallimard, coll. « Folio », 2014, p. 30-32.

Questions sur les quatre premiers extraits du groupement de textes n° 2

1. Sur quels préjugés repose la prétendue infériorité des femmes combattue par les auteurs de ce groupement de textes ?

2. Quelles sont les voies d'émancipation que peuvent envisager les femmes ? Quelles qualités peuvent-elles faire valoir pour modifier leur statut ?

■ Extrait de la bande dessinée *Olympe de Gouges*, de José-Louis Bocquet (texte) et Catel (illustration), éd. Casterman, coll. « Écritures », 2016, p. 330.

« La place des femmes dans les manuels scolaires » (2013)

Aujourd'hui, la plupart des institutions publiques reconnaissent le traitement différent réservé aux femmes et aux hommes dans la vie professionnelle, les médias et les contenus scolaires, et cherchent à y remédier. Le document suivant, issu de l'Observatoire des inégalités, s'interroge sur la place réservée aux femmes dans les ouvrages scolaires.

Sur le site www.inegalites.fr, tapez « femmes manuels scolaires » dans la barre de recherche, ou directement depuis votre moteur de recherche, et consultez le rapport sur la place des femmes dans les manuels scolaires (2013).

Dans ce document, vous lirez le passage qui va de « Sur près de 3 500 personnages » jusqu'à « dans une situation professionnelle ».

Questions sur le document

1. Que traduisent ces observations sur la place des femmes dans les manuels ?

2. Que retenez-vous de la lecture du tableau statistique ? Y a-t-il un pourcentage qui vous frappe ?

Vers l'écrit du bac

(sujets d'entraînement)

Commentaire

Vous ferez le commentaire du sonnet 14 de Louise Labé : « Tant que mes yeux pourront larmes épandre... ».

Conseils de préparation

– Délimitez les phrases qui composent le poème. Quelles oppositions (longueur des énoncés, éléments syntaxiques et lexicaux...) percevez-vous entre elles ?
– Repérez les répétitions des attributs de l'amour : « yeux », « main », « voix ». Comment structurent-elles le poème ? Quel effet ces répétitions produisent-elles à la lecture ?
– Quelle valeur paradoxale ce poème attribue-t-il aux larmes ? Dans quelle mesure cette valeur peut-elle surprendre le lecteur ?
– Par quel moyen le dernier vers délivre-t-il une image frappante ? Comment pouvez-vous le reformuler ?

Sujet de dissertation

Les poèmes de Louise Labé n'évoquent-ils qu'un éloge de la passion amoureuse ?
Vous répondrez de manière argumentée en vous appuyant sur votre connaissance des textes en vers tirés des *Œuvres* présents dans ce volume. Votre devoir sera clairement structuré et illustré par des citations que vous commenterez.

Écrits d'appropriation

Proposer une édition enrichie

Consultez le manuscrit Harley 978 de la British Library qui fait autorité pour les *Lais* de Marie de France : dans un moteur de recherche, tapez « Harley 978 f. 118 British Library ». Les vignettes figurent en bas de la page, le « Prologue » figure au folio 118, noté « f. 118 » (la

lettre « v » indique le verso de la page), les lais suivent : « Bisclavret », folio 131 verso ; « Lanval », folio 133 verso ; « Le Chèvrefeuille », folio 150 verso. Le début de chaque lai est indiqué par une initiale bleue ornée. Observez aussi la reproduction du manuscrit et sa transcription en ancien français (voir p. 44).
Vous proposerez une édition enrichie d'un des lais figurant dans ce volume. À partir d'une image du manuscrit de Marie de France que vous enregistrerez sur l'ordinateur (par un clic droit puis « enregistrer l'image sous »), vous pourrez intégrer des bulles faisant apparaître la description des éléments matériels du livre ancien : mise en page, ornements graphiques et typographiques, texte médiéval, traduction du lai par Jean-Jacques Vincensini proposée dans cette édition, annotations et liens vers des images et des documents. Pour accéder à une transcription du texte médiéval des *Lais*, vous pouvez saisir dans un moteur de recherche : « poésies de Marie de France de Roquefort 1820 ».

Pratiquer l'écriture créative et collaborative à partir d'un extrait

En vous appuyant sur les v. 372-380 du lai « Lanval », rédigez le plaidoyer de Lanval lors de son procès en employant la première personne et le discours direct. Tout en témoignant sa loyauté à l'égard de son roi, il exposera les arguments en sa faveur en mentionnant sa relation avec la fée.
Vous structurerez votre développement autour d'arguments clairement établis et illustrés à partir d'exemples tirés du lai (l'amour de la fée, v. 80-200, la proposition de la reine et le refus de Lanval, v. 259-302). Vous emploierez un support d'écriture collaborative (par exemple, sur votre Espace Numérique de Travail ou sur le site Framapad).

Sonnets : Table des *incipit*

Notes et citations

Notes et citations

Notes et citations

Notes et citations

Notes et citations

Cet ouvrage a été mis en pages par

<pixellence>

N° d'édition : 554925-2
Dépôt légal : novembre 2020

Imprimé en Espagne par Novoprint (Barcelone)

Achevé d'imprimer en août 2022